初恋の皇子様に嫁ぎました
彼は私を大嫌いなようです
なんせ私は王国一の悪女ですから

水野沙彰

Saaya Mizuno Presents

fairy kiss

この作品はフィクションです。
実際の人物・団体・事件などに一切関係ありません。

初恋の皇子様に嫁ぎましたが、彼は私を大嫌いなようです1

なんせ私は王国一の悪女ですから

プロローグ◆運命の政略結婚

「――互いの国にとって良き縁となるよう願っている」

クレオーメ帝国の皇帝が、アベリア王国から嫁いできたクラリッサに向けて言う。

クラリッサが一歩踏み出して腰を落とすと、大きく切れ込みの入ったドレスから大胆に露出された背中がクレオーメ帝国側に披露された。

困惑と失望の視線が向けられる中、クラリッサは優雅に微笑んだ。

「アベリア王国より参りました、王女クラリッサと申します。よろしくお願いいたします」


クラリッサ・アベリアは悪女である。

アベリア王国の貴族ならば、人目を気にしつつも誰でもそう言うだろう。

アベリア国王を父親に、大国である隣国ベラドンナ王国出身の妃を母親に持つクラリッサは、王族唯一の女児だ。

天界の琴の弦のように美しい銀髪と、父親譲りの透き通った輝きを持つ赤い瞳。白い肌もしなやかな肢体も、芸術作品のように整った顔つきも、見る者を魅了することが当然だというようにそこにある。

そんなクラリッサが悪女たる所以《ゆえん》は、その言動である。

曰《いわ》く、夜会で一人きりでいる令嬢を泣かせることが趣味である。

曰く、気に入らない使用人はすぐに辞めさせる。

曰く、顔の良い男性に言い寄り、飽きるとすぐに捨てる。

毎日違う華やかなドレスを着て、夜会となると毎回違う高価な宝飾品を身につけることから、浪費家だという話もある。

どうやら、腹違いの弟に嫌がらせまでしているとか。

誰も大きな声では言わないが、それは貴族達《たち》の間では基本常識であり、部外者も少し調べればそれらの話を知ることができる。

そんな状況を、それでもアベリア王国は放置していた。


クラリッサが顔を上げて政略結婚の相手であるラウレンツを見ると、その青い瞳にはクラリッサへの侮蔑の色が浮かんでいた。

きっと失望されたのだろう。いつか結ばれることを夢見た初恋の相手だった。だからこそ、もう慣れたはずの視線が突き刺さり痛くて仕方ない。

しかしそんなクラリッサの感傷は、ラウレンツが挨拶のために口を開いた瞬間消え去った。

「クレオーメ帝国皇帝が孫、ラウレンツ・クレオーメです。結婚を機にフェルステテル公爵となります。よろしくお願いします」

低すぎず、息が多いわけでもないのに鼻に抜けるような声だった。

決まり切った言葉が何かの歌のように心に直接響く。

少しゆっくりとした口調のせいか、不思議な色気があった。

こんななんでもない挨拶なのに、百戦錬磨の男娼《だんしょう》に誘われているかのような錯覚に陥る。これは、こんなところで披露されて良い声なのだろうか。

公の場でこんな声を出してはいけない。今すぐ何か法律を作って規制した方が良いだろう。

少なくともクラリッサは、こんな声を聞かされてまともな表情を保っていることはできない。

膝が震える。

ぞくぞくと、背中に初めて感じる不思議な波が走った。

頬が赤く染まる。

恥ずかしくて、不敬だと思われる可能性を理解しながらも隠すために扇を広げた。

「よ、ろしく、お願いしますわ……！」

クラリッサがどうにか絞り出した言葉を、ラウレンツはふんと鼻で笑い飛ばした。

1章　幸運な縁談

「ふ、ふふ」

アベリア王国の王城に住む王族が集まっての食事会の席で、王女であるクラリッサは、まだ十一歳の異母弟アンジェロが晩餐《ばんさん》に出されたスープにスプーンを付けた姿を確認して、緊張気味に俯《うつむ》いた口元に笑みを浮かべた。

思わず漏れてしまう笑い声を口の中で押し殺す。

そう。

あと、少し。

あと少しで、目的が達成する。

クラリッサは視界の端でアンジェロの様子を窺《うかが》いながら、高鳴る胸を落ち着けようとナイフで肉をゆっくりと切った。

そのとき、突然アンジェロがスープを掬《すく》ったスプーンを皿に落とした。食器の音など一つもしなかった食堂に、がちゃんと甲高い音が鳴り響く。

何事かと皆が顔を上げる中、アンジェロだけが真っ青な顔でスープの皿を見つめていた。

「——あ、あの。僕、これ、飲めません……」

アンジェロが震える声で言う。

白いテーブルクロスを汚した銀のスプーンは、皿の中で黒く変色していた。

「きゃあああああっ‼」

澄ました顔で壁際に控えていた使用人が悲鳴を上げる。

食事を運んできたのは彼女達なのだ。まさか自分が運んだスープに毒が混入していたなんて考えたくもないだろう。どんな罰や拷問が待っているかと恐ろしく思っているに違いない。

騒然とした食堂を静めるために、国王であるクラリッサ達の父親が両手を打ち鳴らした。

「——この場はお開きとする。王妃、騎士の手配を」

「かしこまりましたわ」

クラリッサの母親である王妃は素直に頷《うなず》いて、ちらりとこちらに目を向けた。それを強気な微笑《ほほえ》みで受け流して、クラリッサは席を立つ。

「それでは、まだ食事は途中ですが、失礼いたします」

「ああ」

国王の無機質な短い返答は、そんなものだろうと無視をした。

家族での食事に相応《ふさわ》しいとは言い難い胸元がぱっくり開いた深紅のドレスの揺れる裾を翻して、クラリッサは使用人が開けた扉を抜けた。

絨毯《じゅうたん》の柔らかな毛の感触を細いヒールに感じながら、早足で寄ってきた専属侍女に声をかける。

「カーラ、首尾はどう？」

「はい。問題なく」

それだけ聞いたクラリッサは安堵《あんど》し、階段を上って自室に戻った。


クラリッサは扉を閉めると、胸元同様に開いた背中を見せつけるように思いきり寝台に飛び込んだ。スプリングが効いた寝台は身体《からだ》をぽふんと心地好《よ》い弾力で受け止めてくれる。整えられていた白いシーツにくしゃりと皺《しわ》が寄った。

カーラが仕方がないというように、小さく溜息《ためいき》を吐《つ》く。

「ああもう、クラリッサ様。またそんな風にして。シーツに口紅が付きますよ」

「……あら、それは駄目だわ」

クラリッサが素直に上半身を持ち上げると、カーラが湿らせたガーゼでクラリッサの口紅を拭ってくれた。保湿用のバームを塗られて、少し安心する。

「つっかれたー！　カーラも今回はどきどきだったでしょう？」

「本当ですよ。流石《さすが》にお食事に毒を入れるのは難しいですって。今回限りにしてくださいよ？」

「そうね。そうだと思いたいわ」

カーラが制服のポケットから小瓶を取り出して、クラリッサに手渡してくる。

クラリッサはそれを受け取って、自分のポケットから取り出したもう一本の小瓶と並べてサイドテーブルに置いた。

瓶の中で無色透明な液体がきらりと光る。

クラリッサが持っていた小瓶の中身は、母親である王妃からアンジェロに盛るようにと用意された毒物である。無味無臭だがこれを飲むと腹痛や嘔吐《おうと》に襲われ、全身を針で刺されるような痛みと共に命を落とす、とのことだった。

一方、カーラが持っていた小瓶の中身は温泉水である。

王妃から命令され毒を渡されたクラリッサは、カーラに中身が何かを調べさせた。そして同じ毒物で暗殺されたという他国の貴族についての話で銀製の食器が変色していたことを知り、毒物には硫黄が入った不純物が混じっているらしいことを突き止めた。

その時点で、急いで離宮の温泉から硫黄成分を多く含む水を手に入れ、カーラにアンジェロの皿にそれを入れるよう指示したのだ。

これならば万一アンジェロが口にしても命に関わることはなく、クラリッサも王妃を騙《だま》すことができる。

念のため、アンジェロには事前にこっそりと毒を仕込むと伝えておいた。クラリッサからの嫌がらせに慣れているアンジェロは、うまく回避してくれるだろうと思っていた。

その程度の信頼を、クラリッサは自身の異母弟に対して抱いている。

「お母様はどうしているかしら」

クラリッサが聞くと、カーラはちらりと時計を見た。食事会がお開きになってから、そろそろ三十分が経《た》つ。

「調べてきますね」

「お願いね。もし大丈夫そうなら、アンジェロの顔も見たいわ」

「かしこまりました」

カーラが一礼して部屋を出て行く。

クラリッサは二本の小瓶を手に取り立ち上がった。そのまま、自室に備え付けられた浴室に移動する。排水口を前にして、両方の小瓶の蓋を開けた。

「……残っていたら、疑われてしまうから。ねえ」

それから、躊躇《ちゅうちょ》なく毒と温泉水の両方を水と共に排水口に流し、温泉水が入っていた方の小瓶だけ思いきり壁に向かって投げつけた。

その大きさに相応しい音と共に、繊細な意匠の小瓶は原型が分からないほど粉々になる。

残ったのは、毒物が入っていた方の小瓶だけだ。

クラリッサは床のタイルの上できらきらと光っている硝子《ガラス》の破片を満足げに見つめて浴室を出た。

寝台に戻り、毒物が入っていた方の小瓶を鍵付きの机の抽斗《ひきだし》にそっとしまう。

しばらくして戻ってきたカーラは、王妃が自身のお抱えの騎士にスープを処分させたと報告した。

今は貴族の夫人を呼ぶ茶会の支度をしているらしい。

アンジェロの部屋は別棟にあるため、今ならば出くわすことはないだろう。

クラリッサは赤い口紅を塗り直し、高価な毛皮のショールを肩に掛けて部屋を出た。背筋を伸ばし、不敵な表情を浮かべ、側《そば》には無表情のカーラを連れていると、どこからどう見ても王妃に従順な悪女である。

誰かに見られても、クラリッサが部屋に戻ったアンジェロを追って虐《いじ》めているのだと思われるに違いない。

「——アンジェロ。ここにいるのよね？」

クラリッサはアンジェロがいる部屋の前で、高圧的に声をかける。

「は……はい。姉上……っ」

まだ声変わりをしていない子供らしい声が、不安げに揺れている。

クラリッサはそれに構わず、カーラに扉を開けさせた。

「いるのなら入って構わないわよね。カーラ、すぐに扉を閉めて」

「はい」

クラリッサが室内に入ると、すぐにカーラが扉を閉める。

廊下にいた使用人達は、悪女であるクラリッサがここまでアンジェロを苦しめに来たのだと噂《うわさ》しているだろう。

しかし、室内の様子は彼等《かれら》の想像とは少し——いや、大きく異なる。

「ああっ、姉上……！」

アンジェロが半泣きでクラリッサに抱き付いてくる。

クラリッサはそんなアンジェロを両手でそっと抱き締めて、目尻をはっきりと下げた。

「アンジェロ。無理をさせてごめんなさい……怖かったでしょう？」

「大丈夫です。姉上が守ってくれましたから」

クラリッサと同じ色の瞳に、涙が溜《た》まり潤んでいる。クラリッサは安心させるようにゆっくりとアンジェロの背中を擦《さす》ってやった。

「ほら、泣かないの。アンジェロはうまくやったわ。お芝居が上手すぎて姉様が驚いちゃったくらいよ」

「本当ですか⁉」

瞳に溜まっていた涙を手の甲でぐいと拭ったアンジェロが、顔を上げてクラリッサを見る。その表情が褒められて嬉《うれ》しいというように輝いていて、クラリッサは思わず苦笑いをした。

どうやって、この可愛《かわい》い弟を害そうというのか。

命令する王妃も放置する国王も、クラリッサは大嫌いだ。


数日後、王城内は急に騒がしくなった。

原因はクレオーメ帝国に留学していたクラリッサの同母兄、エヴェラルドが帰国してきたことである。

自由奔放、研究好きなエヴェラルドは、これまでにもふらりと姿をくらますことがあった。

王太子であるエヴェラルドがそんな調子では不満を抱かれるのが当然だろうに、周囲から何も言われずにいるのは、戻ってきたときに持ち帰る功績がいつもとても大きいからだ。

それでも今回は一年間。しかも「留学をする」と言ってからたった一週間で王城を出て行ってしまったものだから、皆が驚いていた。

さて、一年かけて何を手にしてきたのか。

国王から呼び出されたクラリッサはどきどきしながら、謁見室の扉を開けた。

「——久し振りだね、クラリッサ」

玉座に座る国王の隣に立つエヴェラルドが、クラリッサに友好的な微笑みを向ける。すっきりと上品に微笑む表情は出発前と変わらない。

「お兄様……！」

まっすぐな黒髪と赤い瞳は父親である国王譲り。顔立ちはクラリッサと似ているが、クラリッサよりも優しげに見えるのは、エヴェラルドの表情のせいか、クラリッサの化粧のせいか。

クラリッサは一年間連絡のなかったエヴェラルドとの再会に熱くなった目頭に力を入れる。深いスリットが入った青いドレスの裾をふわりと持ち上げ、優雅に膝を折った。

顔を上げるまでに、涙の気配など一つもない不敵な笑みを作り上げた。

「——お帰りなさいませ、お兄様。行くのも急でしたら、帰ってくるのも急ですのね。今日はどのようなご用事ですか？」

つんと澄ましたように胸を張る。

クラリッサの態度にエヴェラルドは少し困ったように眉を下げたが、すぐに気を取り直して微笑みの表情に戻した。

「エヴェラルドは、今回クレオーメ帝国との医療分野での技術交換協定を取り付けてきたのだ」

クラリッサの問いに答えたのは国王だった。

そしてその内容に、クラリッサも目を見張った。

「それは……っ！」

なんて素晴らしい提案だろう。

アベリア王国は小国ながら豊かな自然に恵まれ、自然と共に生きてきた。

王城内に薬学研究所と薬草園があるほど薬学については見織が高く、小さな村にも必ず薬師が一人はいる。それくらい、国民に薬というものが身近に浸透しているのだ。

しかしその一方で、人体についての理解や最新の手術や医療機器についての技術が遅れており、国全体としての課題であった。

一方クレオーメ帝国は大国に相応しい最先端の医療技術を持ち、このアベリア王国では治療が不可能とされている病の治療法すら確立されているという。

「クレオーメ帝国側には、医師の診察を広く国民が受けられないという問題があるそうだ。特に自然への理解が遅れている国でもあり、薬学には我が国から見ても未成熟なところが多い。そこで、エヴェラルドが互いの技術を学び合おうと打診し、協定を結んできた」

国王の説明に、クラリッサはなるほどと頷いた。

一年間の留学は、このためだったのか。

今回もエヴェラルドは素晴らしい結果を持ち帰ってきた。自分の兄ながら誇らしいと暢気《のんき》に考えていたクラリッサは、エヴェラルドの次の言葉で驚かされることになる。

「そこでクラリッサには、この協定のためにクレオーメ帝国に嫁いでもらおうと思ってね」

クラリッサは悪女らしく表情を作ることも忘れ、ぽかんと口を開いた。

「――……はい？」

「結婚だよ、結婚。クラリッサももう十九歳だし。この国じゃぼーっとしていたら嫁ぎ遅れてしまうかもしれないからね。優しいお兄様が縁談を決めてきてあげたんだ」

「何を勝手な――」

クラリッサは咄嗟《とっさ》に声を荒らげた。

クラリッサが他国に嫁いでしまったら、アンジェロはどうなるのか。これまで必死に王妃の毒牙から守ってきたというのに。

貴族の令嬢達だってクラリッサを悪役にすることで団結していたのだから、また争い始めるかもしれない。ベラドンナ王国からの圧力も、これまで通り抑えられるか分からない。

しかし不安に表情を曇らせるクラリッサの言葉はエヴェラルドに遮られた。

「後のことは私に任せれば良い。しばらくはこっちにいるつもりだからね」

エヴェラルドが何を任せろと言っているのか、後でしっかり確認しなければと思い直すクラリッサに、こちらの事情など何も気付いていないであろう国王が厳しい目を向ける。

「もう決まったことだ、クラリッサ。お前はクレオーメ帝国皇太子の三男、ラウレンツ・クレオーメと結婚し、両国の発展に寄与するように」

「……今、誰と結婚しろと仰《おっしゃ》いました？」

「ラウレンツ・クレオーメだ。以前一度この王城に招いたこともあるが……まだ幼かったから、覚えていないか。結婚は二か月後。王族として政略結婚の必要性は理解しているな。当然、自分がその駒となることも覚悟できているだろう？　……これまで贅沢《ぜいたく》を許してやってきたのは、このときが来ることを私も知っていたからだ。精々迷惑をかけた分まで、役目を全うするように」

話のほとんどは、聞こえていなかった。

クラリッサの頭の中に残っているのは、その名前と、結婚、という言葉だけ。

「――結婚。私が……ラウレンツ・クレオーメ様と……」

呟《つぶや》いたクラリッサに、ようやく現実を受け入れたと感じたらしい国王が、満足げに口角を上げる。

王太子であるエヴェラルドが立てた手柄だが、国王にとってはこの技術交換協定が結ばれるのは自分の治世だ。国王の功績として数えられることが嬉しいのだろう。

そして悪女として名を馳《は》せている、扱いづらいクラリッサを他国に追い払えることもまた、嬉しいと思っているに違いない。

「話は以上だ。分かったら部屋に戻り、恥を掻《か》かないよう大人しく勉強でもしておくように」

国王がはっきりと言ったことで、使用人が閉められていた謁見室の扉を開ける。もうこれ以上、クラリッサに割く時間がないということだ。

「はい。……お父様」

国王は父親なのに、クラリッサのことを何も知らない。ただ知っているのは、愚かな女だという表面的な事実だけだろう。

我儘《わがまま》で、傍若無人で、傲慢な――。

それでも、不安以上に嬉しさが勝る。

クラリッサは気を抜くと緩んでしまう唇を引き結んだ。足取りが軽くて、今すぐ走り出したいくらいだ。そんなことをしたらこれまで築き上げてきた悪女のイメージが台無しだから、決してしないけれど。

廊下を早足で歩いた。

一刻も早く自室に戻り、カーラに話したい。ラウレンツと結婚することが決まって、こんなにも嬉しいのだということを――。

「――クラリッサ」

クラリッサは背後から投げかけられた声に立ち止まり、咄嗟に持っていた扇を広げた。今顔を見られたら、きっと気付かれるだろうと思った。

振り返れば、そこにいるのは嫌なくらいよく知った顔だ。

あの食事会の日から、一度も顔を合わせていなかった王妃だった。

どこか不機嫌そうな表情にはらはらしながらも、違和感のないよう、親族の気安さを演出すべく軽く膝を折って挨拶をする。

「お母様、ご機嫌麗しゅう」

「挨拶はいらないわ。それより……縁談の話は聞いたかしら」

どこから聞いたのだろうと考えたが、娘であるクラリッサの縁談を母親が確認しないはずがない。せめて平常心を装って、扇で隠しきれない目の表情に注意する。

「ええ、先程。お母様のお側を離れるなんて、寂しいですわ」

「私もそう思うのだけれど、国のためですからね。しっかりお役目を果たすのですよ」

「はい。両国の橋渡しとなるよう――」

クラリッサが口元を隠したまま微笑んで言う。

すると王妃がクラリッサの言葉を途中で切って、一歩踏み込んで距離を詰めてきた。側にいる使用人に見られないようにか、開いた扇で口元を隠す。

「クレオーメ帝国についての情報があったら私に報告しなさい。分かったわね？」

「……ええ、勿論《もちろん》です。分かっております……お母様」

心がずしりと重くなる。

王妃は満足げに笑い、ぽんとクラリッサの肩を叩《たた》いた。

「そう。それなら良いのよ」

王妃が扇を閉じてクラリッサから離れる。

クラリッサは曇ってしまった感情を誤魔化すように口角を上げ、背中を向けて来た道を引き返していく王妃を見送った。

ようやく自室に戻ったクラリッサは、いつもと同じように寝台に飛び込んだ。

いつもならばカーラに愚痴を言いながらごろごろするのだが、今日は違う。望外の事態にクラリッサの感情が付いていかず、不満を一時忘れてようやく緩めることができた顔はなかなか戻ってくれない。

「ラウレンツ様と結婚ですって！　こんなことがある？　ろくに信仰してこなかった神様が私のために特別サービスでもしてくれたのかしら。だって、だってそうでもないとこんなのあり得ないもの！」

寝台で転がるクラリッサのスリットを遠い目で眺めていたカーラが首を傾《かし》げる。

「クラリッサ様はどうしてそれほどに喜んでいらっしゃるのですか？」

本当に、素直に疑問に思っているという態度だった。

だから、クラリッサも素直に答えた。

「だって、私の初恋の皇子様はラウレンツ様なのだもの！」

「初恋の皇子様ですか⁉」

クラリッサはラウレンツに初めて会った日を思い出す。

偶然出会った幼いクラリッサとラウレンツは、互いに涙目になりながらも、強くなろうと誓い合った。頑張っているのは自分だけではないのだと、互いに心の支えとして励まし合った。

ラウレンツが覚えているかは分からない。

それでも、クラリッサだけでも覚えていれば充分だった。

「そうよ。たとえラウレンツ様が忘れていたとしても構わないわ。だって、私は、私が一番憧れた人のもとに嫁ぐのだもの」

思えば思うほど心は弾む。

今からその日が待ち遠しくなったクラリッサは、ラウレンツのことが少しでも知りたくなった。

好きなものは、家族構成は、育ってきた環境は。

ラウレンツは皇族であるため、それらの情報を知る方法はいくらでもある。

そしてクラリッサは、図らずも国王に勉強しろと言われたとおり、カーラにクレオーメ帝国についての資料を集めるように指示を出した。

そのとき、ほとんど聞こえないくらいの小さな音で扉がノックされた。驚いたクラリッサが扉を開けるより早く、開けられた扉の隙間からエヴェラルドが滑り込んでくる。

「やあ、さっきぶり」

「お兄様っ！」

エヴェラルドはクラリッサを見て表情を明るくすると、暑苦しさすら感じる笑みを浮かべた。

「改めて、ただいま。急な話ですまなかったね」

「本当ですわ！」

「でも、国のためでもあるから……クラリッサにも協力してほしいんだ」

エヴェラルドが表情をがらりと真剣なものに変えて、クラリッサに向き直る。クラリッサも頷いて、エヴェラルドの次の言葉を待った。

「この医療技術協力は隠れ蓑《みの》で、本当はクレオーメ帝国との軍事同盟を狙っているんだ」

「それって――」

「そう。ベラドンナ王国に搾取されているこの国が、変わるまたとない機会だ」

アベリア王国は薬草学をこつこつ発展させてきた穏やかな国だったが、今の国王がベラドンナ王国から妃《きさき》を貰《もら》ったことがきっかけで、今ではすっかりベラドンナ王国の属国のような扱いをされている。

鉱山が見つかれば奪われ、貴族や豪商の結婚相手にベラドンナ王国の貴族を押しつけられ、国軍や文官にはベラドンナ王国の兵士と文官を紛れ込まされ――これ以上放置していては、資金力、政治力、軍事力の全てをベラドンナ王国に掌握されてもおかしくないという状況まできていた。

クラリッサが悪女のふりをして令嬢達を団結させ、ベラドンナ王国の者を孤立させても、良くない縁談をぶち壊しても、文官を誘惑してくびにしても、とても間に合わなかった。

「クレオーメ帝国にとって、隣国であるアベリア王国がベラドンナ王国に完全に吸収されることは避けたい。しかし今の国王は、王妃の言いなりで抵抗をしようとしない……何も考えていないのだろうけどね。これが最後のチャンスかもしれないんだ」

エヴェラルドの言葉に、クラリッサはしっかりと頷いた。

「お兄様は流石ですわ。そんな話を取り付けてくるなんて……！」

クラリッサは素直に兄を称賛した。

エヴェラルドはやはり、今回もとても大きなものを持ち帰ってきたのだ。そして、これから更に大きなことを成し遂げようとしている。

「だから私がクレオーメ帝国に嫁ぐことになったのですね」

王女であるクラリッサをクレオーメ帝国にいさせることで、アベリア王国の誠意を見せるつもりなのだろう。王族がそこにいることで、裏切らないという証明になる。

納得したクラリッサに、エヴェラルドは小さく首を振る。

「それだけじゃないよ、クラリッサ」

「え？」

「クラリッサには、ベラドンナ王国に悪女が演技だと悟られることなく、クレオーメ帝国でラウレンツの妻――公爵夫人としての立場を築き、クレオーメ帝国の皇族と貴族がアベリア王国を受け入れやすくする土壌を作ってもらいたい」

エヴェラルドの言葉に、クラリッサは息を呑《の》んだ。

「そんな大役っ」

「できるだろう？　これまで私が留守の間、アベリア王国を守ってくれていたんだから」

エヴェラルドは確信に満ちた強い笑みで、クラリッサの背中を押す。

クラリッサは唇を噛《か》んだ。

これまで、嫌われることばかり考えてきた。その方が人を意のままに動かすことに都合が良かったからだ。しかしエヴェラルドは、今後は好印象を抱かれるようにしろと言っている。

きっとクラリッサが悪女であるという噂話がすっかり伝わっているであろう、クレオーメ帝国でだ。

荷が重いようにも感じるが、クラリッサがこの機会を逃すはずがなかった。

「――分かりましたわ。必ずこの役目、果たしてみせます」

これを断ったら、アベリア王国を救うチャンスはないかもしれない。

それにきっと、ラウレンツとの結婚も無しになってしまうだろう。

「良かった。この国のことは私に任せてくれ」

「頼みましたわよ、お兄様」

クラリッサとエヴェラルドはしっかりと握手を交わした。

エヴェラルドは扉から外の様子を窺って、誰にも見られないよう慎重に部屋を出て行く。

残されたクラリッサは、必ずやり遂げようと決意を新たにした。

2章　感動（?）の再会

二か月後。

クラリッサはカーラを連れてクレオーメ帝国へと向かう馬車に揺られていた。

今回の旅は王族の婚姻に相応しく、騎士団の小隊一つと国の外務職員達を連れた大規模なものとなっている。それでも親族が誰も共に来ていないのは、やはり悪女であると信じられているからだろうか。

クレオーメ帝国側から提示された条件も、使用人は侍女一人のみというもので、アベリア王国またはクラリッサに対する警戒心を色濃く感じさせるものだった。

王族の輿入《こしい》れとしての体裁は整えながらも、内実はただ一人の味方のみを連れて異国に嫁がなければならない。考え方によっては悲劇的ともいえるそんな状況で、クラリッサは同じ馬車に乗っているカーラと二人、退屈な時間を忘れようとひたすら恋愛話で盛り上がっていた。

「――それで、クラリッサ様はラウレンツ様の何処《どこ》がお好きなのですか？」

カーラがわくわくとクラリッサに問いかける。

クラリッサもカーラと二人きりの馬車の中ならばと、肩の力を抜いて自然体で頬を染めた。年相

応に振る舞うことができる場所は少なく、

「好きになったのは、五歳のときにお母様に無理に出席させられた茶会だったわ」

クラリッサは当時を思い出して、ほうと小さく息を吐いた。

◇◇◇

クラリッサが五歳のとき、国王の子供はエヴェラルドとクラリッサだけで、二人の母親であるシルヴェーヌはまだ側妃だった。当時の正妃はアベリア王国公爵家出身の令嬢で、そちらにはまだ子供ができていなかった。

だからこそ、シルヴェーヌはクラリッサとエヴェラルドの教育にひどく熱心だった。

エヴェラルドも厳しくされていたが、次期国王としての教育課程が決まっていたため、それに沿って学んでいれば良かった。

しかし、クラリッサの教育内容を考えたのはシルヴェーヌだった。

クラリッサはシルヴェーヌから、ベラドンナ王国の王族を母に持つ王女があるべき理想の姿を叩き込まれ、ほんの少しでも決められた基準から外れると怒鳴られるようになった。

父親である国王は自分の地位を固めることに夢中で、クラリッサのことなど全く眼中にない。

父親も母親も、クラリッサ自身にはまるで興味がない。

華やかな服を着て、周囲に王女だと傅《かしず》かれ、子供ながらに高貴に微笑んでいても、クラリッサはいつも寂しかった。

その日、クラリッサは母親から参加をするよう強制された茶会に出席していた。

銀色の髪は緩く巻かれ、レースのリボンで飾られている。着せられた真っ白なドレスには職人によって作られた繊細なレースが幾重にも付けられており、豪華な刺繍《ししゅう》が隙間なく施されていた。

クラリッサはそれを着ることが恐ろしくて仕方がなかった。五歳のクラリッサには、純白のドレスを汚さずに茶会を終えるイメージが全くできなかったのだ。

もし、紅茶が跳ねてしまったら。

もし、誰かとぶつかってしまったら。

もし、礼儀作法を忘れて失敗してしまったら。

もし、食事をこぼしてしまったら。

そんな『もし』を想像するだけで苦しかった。

大勢の目がある場所でなんでもない顔をして微笑んでいることも耐えられなくなって、クラリッサは茶会が始まってからしばらくして、大人達の目を盗んで会場を抜け出した。

目的地は、クラリッサだけの秘密の場所だ。

アベリア王国の王城裏にある庭園の奥には木が茂っているところがあって、細い道はあるものの、あまり近付こうという者はいない。しかし、そこを抜けると小さな池がある。池の畔《ほとり》には野の花が咲き乱れていて、天然の花畑といった様相だ。

見つけたのは偶然だった。怒ったシルヴェーヌに頰を打たれて逃げ出したとき、でたらめに走っていたら辿《たど》り着いたのだ。

クラリッサはそれ以来一人になりたいとき、こっそりここに来る。

細い道を抜けると、ぽかりと広がる明るい景色。小さな空と小さな池、花畑の鮮やかで穏やかな色が、心細いクラリッサを優しく受け入れてくれる。

「――おかあさまはもう満足してるよね」

クラリッサと年齢の近い子供はおらず、大人達から注目を向けられる。

シルヴェーヌは挨拶をこなすクラリッサを見て満足げだったが、それが終わると役目は終わったというように放置された。もうクラリッサに用などないというように。

どうか気付かれないようにと願うばかりだ。

特に大きな木の幹に寄りかかり、たまに揺れる水面をなんとなく見つめていた。

そのうちに目が熱くなってきて、ぽろぽろと涙が零《こぼ》れた。

「だめ……おこられちゃう……！」

クラリッサは頑張っていた。

五歳でも社交の場で失敗をしないようにと、一生懸命だった。

それなのに一人になって気が緩んでしまい、涙はなかなか止まってくれない。泣いたことがばれたら、叱られてしまうのに。

どうにかして泣き止《や》もうと目に力を入れていたとき、ふと誰かの声が聞こえた。

「――……だよっ！」

「……で――」

「だから、――！」

その声は林の向こう側から聞こえてくる。

驚いたせいで涙も引っ込んで、瞳の色のせいであまり目立たない充血した目で、クラリッサはそっと林の中に身を潜めた。

そこには何人かの少年がいた。その見た目から、どこかの国の貴族子弟だと分かる。

今日は他国の王侯貴族も出席している茶会だと聞いている。クラリッサは彼等が迷子にでもなったのかと思い、声をかけようとした。

しかし、様子がおかしい。声を荒らげている者達の中心に、誰かがいるのだ。それは人のようで、どうやら何かを責められているらしい。

つまり集団による虐め行為だ――と気が付いたとき、クラリッサは初めて見るそれに恐れを感じ、一歩足を引いてしまった。

ぱきり、と枯れ枝が折れる。

その音を聞いた少年達は、慌てたように声を潜めた。

「――誰かいるのか？」

「ちょっと待てよ。この林、気味が悪くないか？」

「い……今更そんなこと言うなよ」

「もうこいつも懲りただろうし。は、早く戻ろうぜ」

ばたばたばた。

中心で虐められていた人だけを残して、少年達が逃げていく。

皆が去って静かになって、クラリッサはようやく残された男の子の前に立つことができた。

「――大丈夫？　立てる？」

クラリッサの声を聞いて、蹲《うずくま》っていた男の子がゆっくりと顔を上げる。

「はい。お見苦しいところをお見せいたしました……って、女の子？」

ぱちり、と驚いたように瞬きをした、その子の顔に、クラリッサは思わず見入ってしまった。

ふわふわと波打つプラチナブロンドに、涙が溜まってきらきらと宝石のように輝く青い瞳。スッキリとした鼻筋に、薄い唇。クラリッサよりは年上だがそれでも子供と言えるであろうその子は、クラリッサがこれまでに出会ったどの男の人よりも綺麗《きれい》な顔をしていた。

瞳と同じ青を基調とした少し汚れてしまっている子供向けの貴族服から男の子であることは分かるが、その顔だけならば女の子と言われても違和感がないほどだ。

「良かったら、この先に池があるから。少し休むこともできるから。だから――」

「……うん」

泣き顔をクラリッサに見られた気恥ずかしさからか、男の子はくしゃりと顔を歪《ゆが》ませて涙を拭いて、頬を僅かに赤く染めた。

クラリッサは自分よりも二十センチくらい背の高い男の子の手を引いて、林の細い道を戻った。

開けた場所に出た瞬間、男の子の瞳が涙以外のもので輝いた。

それを見たクラリッサはなんだか誇らしい気持ちになる。男の子のプラチナブロンドに日の光が反射して、天使の輪のように見えた。

「すてきでしょ？　こっちに座って見るのよ」

クラリッサが言うと、男の子は素直にクラリッサの隣に腰掛ける。

隣り合って座ると、視線がクラリッサよりも大分高いところにあって驚いた。さっきまでもっと子供らしく感じていた男の子が、急に年上のお兄さんになってしまった。

「――連れてきてくれてありがとう」

耳に届いたそれは、まるで涙のように透き通った声だった。

ふわりと笑ったお兄さんに、クラリッサは咄嗟に俯いた。こんなに綺麗なものを独り占めしているのが、悪いことのように感じられ、思わず指先で足元の草を弄《いじ》る。

「わ、わたしこそ……勝手にごめんなさい。お茶会の会場から大分離れてしまいました……」

咄嗟に敬語に戻して、クラリッサは少し俯いた。

この場所は茶会の会場となっている庭園からは大分離れている。勝手を知っているクラリッサは良いが、王城内部に詳しくないこのお兄さんは困らせてしまうだろう。

「大丈夫だよ。あんな場所、いる必要も感じないから」

「あんな場所？」

クラリッサはその言い方に驚いた。

あの茶会は外交行事に伴い、アベリア王国の王妃と側妃であるシルヴェーヌが協力して開催したものだ。実際シルヴェーヌが王妃に協力したのかは分からないが、それでも表向きには協力したことになっている。

それを貶《けな》すというのはアベリア王国の王族を軽視していると思われても仕方のないこと。しかもクラリッサはこのお兄さんの顔を会場で見ていない。

つまり、挨拶にも来ていないのだ。

「あ、僕がこんなことを言っていたのは秘密にしてくれると嬉しいな。ええと、君の名前は？」

ラウレンツが小さく笑って、クラリッサを見る。

クラリッサはぎゅっと白いドレスの裾を握って、顔を上げた。

「クラリッサです」

ラウレンツが、緊張した様子のクラリッサを微笑ましげに見ている。

「敬語は……いいかな。こんな場所だし。僕はラウレンツ。よろしくね」

「ラウレンツさま」

「……なんだかくすぐったいな」

照れが混じった声も素敵だ。

「あの、さっきの……どうしてかって聞いても良いこと？」

クラリッサが青い瞳を見上げて言うと、ラウレンツは困ったように眉を下げた。

「うーん、大したことじゃないんだ。ただ、ちょっとこの見た目のせいで馬鹿にされることが多くて。いつものことだから、気にしないで」

そう言ったラウレンツは本当に気にしていないようで、このような出来事が日常なのだとクラリッサに思わせた。

「見た目のせい？」

こんなに綺麗でも、見た目で文句を言われることがあるのか。クラリッサは首を傾げる。

「そうだよ。女みたいで格好悪いって」

それはクラリッサが想像もしなかった理由だった。

「なんで？　こんなにきれいなのに」

「綺麗……」

「うん。すっごくきれい！」

「それって、やっぱり男らしくないってことじゃ……」

「綺麗ならどっちでもいいことだよ。絵の中の天使さまが男の子か女の子かなんて、誰も考えないでしょう？」

クラリッサは心のままに言う。

だって、こんなに綺麗なのだ。性別なんて気にならない。

クラリッサの言葉に驚いたらしいラウレンツは、見た目に相応しい、子供らしい表情で破顔した。

「ふっ……はは。君ってすごいね」

面白くて仕方がないというように腹を抱えて笑った後、今度は笑ったせいで滲《にじ》んだ涙を指先で拭ったラウレンツがクラリッサの頭にぽんと手の平を乗せた。

髪が崩れないようにか、そっと優しく撫《な》でられて、クラリッサは混乱する。

「それで、クラリッサちゃんはどうして泣いてたの？」

「え、なんで……！」

「瞳が赤いからって、気付かれないと思う？」

少なくともシルヴェーヌはいつも気付くわけではなかった。

その事実を突きつけられて、クラリッサは寂しくなる。

厳しくされても頑張ろうと思えたのは、クラリッサが正しく振る舞っている間はシルヴェーヌが自分だけを見てくれていると実感できたからだ。もしシルヴェーヌがそのときですらクラリッサを見ていないのなら、一体何を見ているのだろう。

まるで、そこにいるのがクラリッサでなくても良いと言われているようだ。

「わたしは……うまく、できなくて」

「うまく？」

「うん」

クラリッサは自分の中に溜まっている言葉を振り返った。

――こんなこともできないの。

――あなたはベラドンナ王国の血を引く王女なのよ。

――完璧にできるまでやりなさい。

――こんなものが怖いなんて、私の子じゃないのかしら。

シルヴェーヌが怒るのは、クラリッサが落ちこぼれだからだ。

シルヴェーヌの言うとおりにしっかりしなければ、王城の中にもほとんど居場所のないクラリッサは、本当にどこにもいられなくなってしまう。

「お母さまの言うとおりにできなくって。でもおこられるのもこわくって。お茶会で、白いドレスがこわくって。それから、みんな大人で、どこにいたらいいかわからなくて――」

話していたらまた泣きそうになってきた。

ラウレンツがクラリッサの頭の上から手の平を離して、クラリッサの顔を覗《のぞ》き込む。

その顔が思ったよりもずっと近くにあって、クラリッサは思わず息を呑んだ。

「クラリッサちゃんは偉いよ。こんなに小さいのに、あの茶会にいたなんて。僕はすぐに逃げたから」

「……逃げただなんて」

「本当のことだよ」

「ふふふっ」

綺麗な顔で、綺麗な声で、ラウレンツは面白いことを言う。

クラリッサを元気づけようとしてくれていることが嬉しかった。ラウレンツが自分のことをしっかりと見てくれていることが嬉しくて、クラリッサはもう、泣いていられなかった。

「ありがとう、ラウレンツさま。元気が出ました」

「良かった」

「お互い大変ですね」

なんだか大人びたことを言ってしまった。そう思ってラウレンツの方を見ると、ラウレンツは目を丸くして、それから真剣な顔になって、クラリッサの手を握った。

「えっ」

クラリッサよりも大きな手は、クラリッサよりも高い温度だった。

誰も見ていないところでなんて、使用人としか手を繋《つな》いだことはなかった。

ラウレンツのふわふわと波打つ髪も青い瞳も、日の光を受けてこの世のものではないかのようにきらきらとしていて。

きっとクラリッサは、このとき天使に見つめられていた。

「……ねえ、クラリッサちゃん。そのドレス、とっても似合ってるよ。汚れてもいいから、やっぱり皆に見てもらった方が良い」

「で、でも――」

戻ったところで居場所などないのではないか。

尻込みするクラリッサに、ラウレンツは少しだけ表情を柔らかくする。

「僕も怖いけど、それでも、クラリッサちゃんが頑張っているから、頑張らないとって思えたんだ。だから、一緒に頑張ってくれたらとっても嬉しい」

それは、年上らしい優しい提案だった。

それでもクラリッサには、初めての言葉だった。

「……うれしいの？」

「うん」

その言葉が、クラリッサの中で確かな勇気になる。

これまで母親からの愛を求めて、見捨てられないようにと必死で縋《すが》ってきたクラリッサに、初めて、前向きな頑張る理由ができたのだ。

だから、頷いたとき、クラリッサはもう昨日までのクラリッサではなかった。

「じゃあ、わたし、頑張ってみる」

「ありがとう」

ラウレンツから手を引かれて傾いたクラリッサの小さな身体は、次の瞬間にはラウレンツに抱き締められていた。

温かな触れ合いはクラリッサの記憶の中になくて、とても嬉しくなる。

「僕、もっと頑張るよ。虐められて泣いてなんていられない。誰にも文句を言わせないくらい、しっかりした大人になるから」

ラウレンツがそう言って、クラリッサを抱く腕を緩める。

もしかしたら、ラウレンツには今話したこと以外にも事情があるのかもしれない。綺麗な声に乗る決意はクラリッサだけに向けられたものではないのかもしれない。

それでも。

「だから、クラリッサちゃんも……負けないで。いつか、また会おうよ」

それは、逃げ出して偶然この場にいただけのクラリッサには過ぎた約束だった。それでもこの天使との約束ならクラリッサも頑張れると思った。

「うん。……また会いたい」

だからクラリッサも、しっかりと頷いてその約束に応えようと決めたのだ。

◇　◇　◇

クラリッサが長い昔話を終えると、黙って聞いていたカーラは目を丸くした。

馬車は変わらずがたがたと走っている。

「え？　そんな話聞いたことないですけど」

「誰にも言ったことないもの」

「なんでですか⁉」

カーラの勢いにクラリッサは苦笑した。

アベリア王国一の悪女であるクラリッサが、こんな話を誰かに聞かせるわけにはいかない。カーラだって分かっているはずだ。

だからこうして責めるふりをしているのも、いつものじゃれ合いの延長である。

「カーラと出会う前のことだったし……それに、私だってラウレンツ様とこうしてまた会えるなんて思わなかったのよ」

クラリッサは懐かしい日々を思い出して目を細めた。

「何年か後にラウレンツ様について調べて、初めてクレオーメ帝国の王族だって気付いたの。ベラドンナ王国の援助を強く受けているアベリア王国の王女である私が、ラウレンツ様を想《おも》っていても無駄だと思って……」

「エヴェラルド様のお口添えがなければ、クラリッサ様はベラドンナ王国に嫁ぐことになっていたでしょうし、仕方のないことですね」

カーラがはっきりと言う。

その言葉は事実だった。シルヴェーヌはベラドンナ王国にアベリア王国を完全に吸収させるため、クラリッサを利用するつもりだっただろう。

クラリッサがクレオーメ帝国に嫁ぐことになったのは、エヴェラルドが留学をした結果だ。それでもシルヴェーヌが許可をしたのは、クラリッサのことを自分の思い通りに動く悪女であると信じ込んでいるからである。

クラリッサは背中を大胆に裸出したドレスを厭《いと》うように大きなストールを身体に巻き付け、座席に置かれた大きなクッションに身体を預けた。

「きっとこれから、アベリア王国は荒れるわ」

「どういうことです？」

「お兄様が代わりに守ると言ってくれたけれど、私がいなくなれば社交界の力関係が崩れるわ。それが悪い方に働かなければ良いのだけど」

「良いのですか？」

「良いとは簡単には言えないけれど……お兄様も何も考えていないわけではないと思うわ。それに私がクレオーメ帝国に嫁いで、クレオーメ帝国の医療技術が流入すれば、結果的にこの状況は崩れる。その方が、長期的に見れば良いことだわ。ベラドンナ王国がこの国の権力の大部分を握っているなんて、歪んでいるもの」

クレオーメ帝国の技術と文化を前に、アベリア王国の貴族は息を呑むに違いない。

ベラドンナ王国はアベリア王国を意のままにしているどころか、王妃が国の予算を横領してベラドンナ王国に流している疑いすらある。それらを黙認し、問題が無いように装っているのが国王だ。証拠が見つからない上、国王と王妃がその中心人物である。貴族や官吏、兵士の中にもベラドンナ王国側の人間は多く、クラリッサ達が訴え出ることも難しい。

クラリッサがアベリア王国の王城内で生き残るには、王妃の企《たくら》みに気付かず権力と浪費を楽しむ、愚かな悪女のふりをするのが最も都合が良かったのだ。

「エヴェラルド様はどこまで……」

カーラが左手で右手首を握り締める。

クラリッサは笑って、馬車の窓に目を向けた。

窓のカーテンは閉め切っているが、外にはアベリア王国から連れてきた騎士達が馬車を守っている。外務担当も当然ベラドンナ王国と繋がっている者だ。彼等の役目は、クラリッサの護衛か監視か。

「お兄様は全てを分かっていらっしゃるわ」

「怖い方です」

「ええ、本当に。だから私達は、私達にできることを精一杯頑張りましょう」

クラリッサだって、知らない国に嫁ぐのだ。正直、エヴェラルドのことまで気にする余裕はないし、心配したところでアベリア王国に戻るという選択肢はない。

「私の仕事は、ラウレンツ様と結婚してクレオーメ帝国での地位を築くことよ。それに、ベラドンナ王国の人に私が悪女であると思わせ続けること」

考えてみても、その二つを両立させる良い方法は思いつかない。

クラリッサはクレオーメ帝国を見てからでなければ分からないと結論を出し、小さく欠伸《あくび》をして目を閉じる。仕方がないと苦笑したカーラが、座席の下から取りだしたブランケットをクラリッサに掛けた。


クレオーメ帝国に入ってからも馬を替えながら移動して、更に一週間。ようやく辿り着いた王都は、アベリア王国とは何もかもが違っていた。

クラリッサはカーテンの隙間からそっと街の様子を観察する。

舗装された道には装飾がされており、左右には隙間なく様々な店が並んでいる。それらも煉瓦《れんが》造りの立派なものが多い。貴族の邸《やしき》のような外観の服飾店まであって、クラリッサは驚いた。

アベリア王国もそれなりに発展してはいるが、これほどではない。商人達が営む店は王都でももっと小さく、素朴な外観の平民向けのものばかり。貴族は自分の邸に商人を呼ぶのがステータスでもあった。

しかしここでは、華やかな服を着た貴婦人が友人と会話をしながら先程の服飾店へと入っていく。きっと友人同士で買い物にやってきたのだろう。

その隣には喫茶店があり、テラス席で女性が新聞を読んでいた。女性の社会進出が進んでいるとは聞いていたが、こっそりとではなく人目に触れるところで堂々と女性が新聞を読むことができるとは驚きだ。アベリア王国では生意気だと言う男性も多いというのに。

貴族女性ができる仕事は侍女か家庭教師くらいだというのがこれまでのクラリッサの常識だったが、クレオーメ帝国ではもっと多くの可能性があるのだろう。

異国らしい光景に、クラリッサはほうと小さく息を吐いた。

「本当に、違う国にやってきたのね」

「すごいですね。ここがクレオーメ帝国……」

カーラも驚いているようだ。お遣い等で外に出る機会が多いカーラの方が、街の違いはより強く実感しているのだろう。

そんな華やかな街で、他のどの建物よりも圧倒的に高く大きなものが、クレオーメ帝国の皇城だ。

「クラリッサ様はここの皇族に嫁ぐんですよね？」

「……結婚を機に臣籍降下して公爵になるらしいけれど」

クラリッサはすぐに訂正した。

今回、クラリッサと結婚するのをきっかけに、ラウレンツは臣籍降下して公爵を名乗るのだという。王に子供や孫が多い国では、貴族同士の無用な争いを避けるためにはよくあることだ。

ラウレンツが名乗るのはフェルステル公爵だ。過去の皇族が使っていた名前らしく、その名前を継ぐことは名誉なことらしい。

それだけでも、これまでラウレンツがいかに努力してきたかが分かる。

「この大きな国の、公爵夫人ですか……」

またカーラが言う。

クラリッサは目を細めて窓から目を逸《そ》らす。

「お願いだから、これ以上緊張するようなこと言わないで……」

初恋の皇子様ともうすぐ対面するというだけで、クラリッサは緊張しているのだ。その相手が立派な人だというのは素晴らしいことだが、幼い恋心が不安を助長する。

クラリッサは今度こそ、困ったように眉を下げた。

しばらく大きな街道をまっすぐに走ると、皇城を囲む立派な石塀が見えてくる。外務担当の官吏が正門で手続きを終えるのを待ち、馬車は敷地の中に入った。

正門をくぐって最初に目の前に広がったのは大きな庭園だ。

植木で整理された幾何学模様が、自然と王城までの道をぐねぐねと曲がらせている。色鮮やかな花に目を奪われがちだが、万一の時に城に一気に攻めこまれないようにする要塞としての意味もあるのだろう。

華やかな主城を囲むように堀があり、数か所に跳ね橋が架かっている。裏には中小様々な建物が建っていて、研究棟や騎士団の詰め所などになっているようだ。

アベリア王国の華奢《きゃしゃ》で美しい印象の王城とは違う、大きく荘厳な華やかさのある皇城。

以前行ったベラドンナ王国の王城と比較しても、その差は歴然としていた。


国事が行われる広間の一つに案内されたクラリッサは、アベリア王国の者達を背に、クレオーメ帝国側の者達と対峙《たいじ》した。

中央にいるがっしりとした男性がクレオーメ帝国の皇帝である。見るからに強そうで、かつ厳格そうだ。その隣に立っているのが皇太子だろう。

そして、その隣にラウレンツがいた。

まず目を引くのは、シャンデリアの明かりを受けて輝くプラチナブロンドだ。柔らかく波打つ癖毛は変わらず、うなじが見える位の高さで男性らしく整えている。

子供の頃から美しかった青い瞳は少しも色を変えておらず、眼鏡越しの視線はとても理知的だ。

天使のようだと思うほど整っていた顔は変わらず、今は二十四歳という年齢相応に色気があり、女性が好む甘さのある美形へと成長していた。背はクラリッサよりも頭一つ分高く、何か鍛えているのか、適度に筋肉質なすっきりとした体型をしている。

誰がどう見ても、物語の中から抜け出してきた皇子様そのものという外見だ。

クレオーメ帝国の皇帝とアベリア王国の代表が長々と何か挨拶をしているが、クラリッサには何も聞こえていなかった。ただ、幼い日の初恋の皇子様がこんなにも素敵に成長したことに驚いて固まっていた。

この人が自分の夫となると思うと、鼓動が高鳴ってベラドンナ王国の手の人間がいる場所なのに顔が緩んでしまいそうで、目と口に必死に力を入れる。

「――互いの国にとって良き縁となるよう願っている」

皇帝がアベリア王国に向けて言う。

クラリッサは自分の番だと、一歩踏み出して腰を落とした。皇帝相手の挨拶に相応しいように、しっかりと頭を下げる。

その姿勢になったことで、着ていたドレスの大胆に開いた背中がクレオーメ帝国側に披露された。様々な温度の視線が集まっているのが分かる。

「アベリア王国より参りました、王女クラリッサと申します。よろしくお願いいたします」

挨拶は無難なものにした。

非礼なことをするつもりはないが、だからといって、へりくだってはクラリッサを愚かな悪女であると認識しているベラドンナ王国側の人間に疑われてしまう。

顔を上げてラウレンツを見ると、その青い瞳は冷めた色をしていた。

高揚していた気持ちが、すうっと引いていく。

悪女のふりを続けてきたことにプライドすら抱いていたというのに、今、ラウレンツに悪女だと確信されたであろう事実が、クラリッサの胸を貫いた。

これでも分かりやすく胸を盛っていたり、足を露出していたりするドレスは避けたのだ。ベラドンナ王国側に疑われない程度に少しでも上品に見えそうなものを選んだつもりだった。

しかし、クラリッサの感覚はアベリア王国で麻痺《まひ》していたようだ。

女性の地位が高いクレオーメ帝国であっても、一般的に、尾骶骨《びていこつ》のすぐ上まで剝《む》き出しのドレスを控えめとは言わないのかもしれない。

ラウレンツが冷めた目のまま、姿勢を正して腰を折る。

目を離せないのは、美しすぎる容姿と、こんな目をされてもまだ消えない初恋の魔法のせいだ。

「クレオーメ帝国皇帝が孫、ラウレンツ・クレオーメです。結婚を機にフェルステル公爵となります。よろしくお願いします」

クラリッサは息を呑んだ。

よくある挨拶。

余計なことを何一つ言わない、無駄も温度もない内容だ。

しかし。

「――……っ!」

膝が震える。

ぞくぞくと、背中に初めて感じる不思議な波が走った。

顔が熱くて、不敬だと思われる可能性を理解しながらも扇を広げた。こんな顔、絶対に誰にも見せることはできない。

クラリッサはどうにか理性を振り絞って口を開いた。

「よ、ろしく、お願いしますわ……！」

低すぎず、息が多いわけでもないのに鼻に抜けるような声だった。

決まり切った言葉が、何かの歌のように心に直接響く。

少しゆっくりとした口調のせいか、不思議な色気があった。

こんなんでもない挨拶なのに、百戦錬磨の男娼に誘われているかのような錯覚に陥る。これは、こんなところで披露されて良い声なのだろうか。

公の場でこんな声を出してはいけない。今すぐ何か法律を作って規制した方が良いだろう。

少なくともクラリッサは、こんな声を聞かされてまともな表情を保っていることはできない。

周囲から見れば、政略結婚の二人が最初の挨拶に失敗したようにしか見えないだろう。挨拶からずっと顔の半分を扇で隠しているクラリッサと難しい顔をしているラウレンツに、皇帝が場を取りなすようにこほんと一つ咳払《せきばら》いをする。

「――二人の顔合わせも済んだ。結婚式は予定通り、五日後に大教会で執り行う。それまで王国の皆様は我が王城でもてなそう」

「ありがたき幸せでございます」

クラリッサはまた淑女の礼をし、扇情的な背中をクレオーメ帝国の皆に見せつけることとなったのだった。

3章　皇子様の本性

　五日後、クラリッサは純白のウエディングドレスに身を包み、結婚式会場となる大教会で式の開始を待っていた。

　このドレスは、悪女として振る舞っていたクラリッサの好みをよく知っている母親がデザイナーに指示して作らせたドレスだ。つまり、誰が見ても悪女らしいウエディングドレスである。

　清楚《せいそ》であるはずのウエディングドレスなのに悪女らしいとは矛盾しているようだが、清楚なはずの衣装であればあるほど、デザインによって個性が強く出る。

　肩を露出したオフショルダーのドレスは、背中がV字にカットされている。お尻から太腿《ふともも》までのタイトなラインが日立つスカート部分に使われているのは、大ぶりな花をモチーフにしたレースだ。更に裾部分には小さなダイヤモンドがこれでもかと縫い付けられていた。長いヴェールにもダイヤモンドがちりばめられていて、見るからに高価であることが分かる。

　公式な場だからとアップスタイルにまとめた髪もまた、相乗効果で露出を多く見せていた。

「――大丈夫かしら」

「大丈夫ですよ。今日もどこから見ても立派な悪女です」

「うう……！」

クラリッサはがくりと項垂《うなだ》れる。

今日の式には、アベリア王国の人間が多く出席しており、クラリッサが任務を果たす姿を見ている。つまり、ベラドンナ王国に通じる人達がクラリッサを監視しているということだ。

人前で悪女を装うのにはもう何も感じないが、今後クレオーメ帝国の社交界で地位を築いていく必要があると考えると、第一印象が悪女になってしまうことに悔しさを感じる。

一般的に社交界でもてはやされるのは、完璧な淑女か権力のある令嬢だ。

それはシルヴェーヌも承知しているはずなのに、悪女だと思い込んでいるクラリッサからクレオーメ帝国の情報を得ようとしているというのは愚かだとしか言いようがない。それでも、誤解させることが時間稼ぎになるのは間違いない。

「ラウレンツ様に嫌われてしまうわ……」

クラリッサの中で可愛いばかりの初恋の男の子だったラウレンツは、すっかり美しい大人の男性になってしまった。思い出だけの存在が現実に成長して現れたことに、まだ驚きが隠せない。それにこの五日間、あの声を忘れることなどできなかった。

幼少期を思い出そうとすると、同時に大人になった甘い顔と声がクラリッサに襲いかかってくる。

純粋な恋心が火事にでもなってしまっているかのようだ。

「ほら、クラリッサ様。……そろそろお時間ですよ」

時計は十一時の十五分前。挙式開始までもうすぐだ。

大使を含め、クラリッサの控室にやってくる者は誰もいなかった。

大教会の扉を開けて、クラリッサは一人、まっすぐに祭壇に向かう。

その先には、今日の式のために正装をしたラウレンツが姿勢良く立っている。

ラウレンツは、上下揃《そろ》いの白いタキシード姿だ。新郎らしく光沢のある衣装の胸元には、ラウレンツの瞳と全く同じ色のサファイアが飾られている。

先日会ったときには柔らかく流されていたプラチナブロンドも、今日はしっかりと前髪を上げられている。フォーマルな装いなのにより色っぽく見えるのは、大人っぽい装いだからか。

クラリッサの悪女という見た目の装いと比べ品良く美しいその姿に、クラリッサは見蕩《みと》れ、すぐに頬を僅かに染めた。

重厚なパイプオルガンの音が鼓膜を揺らす。

歴史ある大教会は中も外も、貴族から平民まで、多くの人達で埋め尽くされている。ラウレンツに対する好意とクラリッサへの興味がよく現れている光景だ。

ラウレンツの正装姿に黄色い声を上げた者達が、クラリッサのドレスに目を止めて口を噤《つぐ》む。

クラリッサにはもう慣れた視線だが、今日はいつも以上に居た堪《たま》れない。これがエヴェラルドに与えられた任務の始まりだと思うと、気が遠くなりそうだ。

式場に入ってからラウレンツはずっと無表情だ。二つの青い瞳だけが、クラリッサに対して嫌悪感を向けている。それに心が凍るようだった。

確かにひゅっと心臓を誰かに摑《つか》まれているかのような寒気がする。それが恋故かラウレンツの圧故か、クラリッサには判断が付かなかった。

しかし並んで立ち司教の話を聞いていると、どうでも良くなってきてしまった。

どんな状況であれ、隣にいるのは憧れのラウレンツだ。

夢見た人の隣に、自分が立っている。それだけでクラリッサは少しずつ幸福になっていく。

誓約書に名前を書いた。

シンプルな指輪を交換した。

そして、ラウレンツの口が開く。

「――誓います」

クラリッサはヴェールの下で目を見開いた。

また、あの声だ。

短い言葉なのに背中がぞくぞくする。それがクラリッサとの永遠を誓う言葉だと思うとなおさらだ。体温が一気に上がり、細く高いヒールで立っているのも辛《つら》くなってしまう。

他の人はこの声に何も感じないのだろうか。

クラリッサはこっそりとヴェールの中から周囲の様子を窺うが、最初からラウレンツの姿にぽーっとしている人達の様子はそこまで変わっていない。どうやら、この声が特別魅力的に感じるのはクラリッサだけらしい。

低くて、甘くて、音楽のように柔らかな――。

ラウレンツの声について考え込んでいたクラリッサは、ラウレンツに手首を抓《つね》られてはっと意識を現実に向けた。

いつの間にか司教は黙っており、大教会はしんと静まり返っている。

クラリッサはどうしたのだろうと考え、すぐに自分がやらかした失態に気が付いた。事前に確認した式の流れでは、ラウレンツの誓いの後はクラリッサの番だった。

思いきりやらかしてしまったクラリッサは、どれくらいぼうっとしていたのか分からず内心で冷や汗をかきながら、それでも誤魔化すため、誰から見ても分かりやすくラウレンツの方に顔ごと視線を向けた。

誓いの言葉で黙った新婦が、新郎をゆっくりと見上げる。

きっと、一つの光景としてとても美しく見えることだろう。悪女風とはいえクラリッサは豪華なドレスを着ており、小さな動きでも生地と刺繍とダイヤモンドが輝く。これまで以上に強い視線が集まっているのが分かる。

魅せ方なら、理解していた。

クラリッサは誰にでも分かるようにラウレンツに身を寄せ、声に精一杯の甘さを乗せた。

「はい……誓いますわ」

悪女としての振る舞いや、男性を引きつける仕草。人の目を集める方法は、王女として学んできた。きっと、黙っていた間も勿体《もったい》ぶっていたのだと感じてもらえるだろう。

司教が気を取り直したように小さく咳払いをして、式は続けられた。

「それでは、誓いのキスを」

向かい合って立ったラウレンツが、一歩距離を詰める。

大きく少しごつごつした手が、クラリッサのヴェールにかかった。

その大きな手に、目の前に突きつけられたラウレンツの美しい顔に、子供の頃にはなかった喉仏の凹凸に、クラリッサは釘付《くぎづ》けになった。

ヴェールが上げられ、視界がクリアになる。

眼鏡の銀縁が控えめに光っているところまでよく見える。

どうしよう、どうしよう。

悪女と呼ばれていたとはいえ、クラリッサに恋愛経験は一切ない。当然キスなんて誰ともしたことはない。最初のキスが初恋の人だなんて夢のようで、それでも温度のない瞳に現実だと認識せざるを得ず、頭の中が混乱する。

ゆっくりと顔が近付いてきて、クラリッサはぐちゃぐちゃになる感情に耐えられず目を閉じた。

まるで機械のように、ラウレンツは少しも動きを乱すことなく自然な動きでキスをした。一瞬で離れていった唇の冷たさと柔らかさが、確かにキスをしたのだとクラリッサに教えてくれる。先程までと温度が変わった唇に、いつまでもラウレンツがいるような気がした。

二人揃って出席者達の方へ身体を向け、腕を組んで頭を下げる。

祝福の声と花弁が飛び交う中、クラリッサはゆっくりと歩くラウレンツの隣を歩いた。

開かれた正面入口の先には豪奢な馬車が停《と》められている。

大勢の人達に見守られながら、反射的に艶《あで》やかな微笑みを浮かべたクラリッサはラウレンツのエスコートで馬車に乗り込んだ。


馬車は王都の中心部をぐるりと回って国民達に披露された後、新たに用意されたというフェルステル公爵邸に到着した。その間、特にラウレンツとクラリッサの間に会話はなかった。

ラウレンツはクラリッサの隣で表情を消して目を閉じていたのだ。

いくら形式上の国民への披露でありカーテンを開ける必要も無いとはいえ、まさかここで眠る姿勢を取られるとは思ってもいなかった。

しかし、それも仕方がないとクラリッサは思った。ラウレンツにとっては初恋の日虐められていたことは忘れたい出来事かもしれないし、クラリッサを悪女だと思っているのなら、和やかに会話をする気がなくなるのも当然だ。

やがて馬車はフェルステル公爵邸に到着した。

扉が開きクラリッサが馬車を降りると、そこにはあまりに完璧に美しく整えられた貴族の邸があった。玄関扉の左右を使用人が開けており、ホールにはきっちりと使用人達が整列している。その様子は、アベリア王国の王城の使用人達よりも落ち着いていた。

ラウレンツがクラリッサをエスコートして中に入ると、使用人達は一斉に頭を下げる。

「おかえりなさいませ。ご結婚おめでとうございます」

揃った声に小さく頷いたラウレンツは、すぐに歩み寄ってきた執事に目で合図をする。執事はクラリッサに向かって口を開く。

「はじめまして、奥様。私はこの邸の執事頭を務めます、エルマーと申します。奥様付きの侍女は、こちらの者達です。何かあれば、私共にお申し付けください」

列から五人の侍女が出てきて、エルマーの横に並んだ。一礼して顔を上げた彼女達は、クラリッサの露出の多いウエディングドレスに一瞬敵意を見せたが、すぐにその感情を作られた笑みで隠した。

「ありがとう、エルマー。今日からよろしくね」

ここにも、味方はいないようだ。分かっていたことだと、クラリッサは優雅に微笑む。

それから、後続の馬車に乗ってきたカーラを呼ぶ。

「これは私の侍女のカーラよ。彼女を私の筆頭侍女にするから、この邸のことを教えてあげて」

「カーラです。よろしくお願いいたします」

礼儀正しく頭を下げるカーラに、侍女達は悪女であるクラリッサと比較して驚きの表情を浮かべたが、すぐにしっかりと頷いた。これができるのは、流石ラウレンツが選んだ使用人達といったところだろうか。

完璧に表情を隠すことができるのは、生まれ持っての高位貴族か王族、皇族くらいだろう。彼等は使用人なのだから感情が漏れてしまうのは仕方がないが、あけすけに出して良いものではない。

それをしっかり理解しているというのは、基本だが素晴らしいことだ。

ちなみにカーラは元々表情が乏しい上、クラリッサの悪女のふりに協力してきたため、表情を完璧に作ることができていた。

カーラと侍女達の挨拶が済んだところで、ラウレンツが口を開く。

「――侍女に部屋を案内させる。夜会は十八時からだ」

「――～～っ、かしこまりました」

ウエディングドレス姿のため扇を持っていないクラリッサは、ラウレンツの声に緩んでしまいそうになる表情を必死で抑えて返事をした。

もうこれ以上この声を聞いていられない。

冷たくしているのに、それでもこうしてクラリッサの生活にはきちんと気を遣ってくれるあたり、本当は優しくてまっすぐな人なのだろう。見た目も声も良くて性格も良いなんて、なんて素敵な人なのだ。これは国中の女性が夢中になっていただろうな、と思わずにいられない。

しかしだからこそ、クラリッサはここで戦わなければならないのだ。

今夜、結婚披露のための夜会がこの邸で行われる。

ラウレンツから事前に、夜会の準備は皇城から連れてきた使用人で用意するから、クラリッサは自分の支度だけをするようにと手紙で伝えられている。

手紙には、まだクレオーメ帝国に慣れていないクラリッサに夜会の支度はできないだろうから、と書かれていた。アベリア王国から嫁いできたばかりの見知らぬ人間に自邸での夜会を指揮させるというのは無茶だと考え、配慮してくれたのだろう。

夜会は、女性にとっての戦場だ。

「それで？　私の部屋はどこなのかしら」

クラリッサは照れを隠すようにつんとした態度でそう言って、ふいと顔を背ける。そんな態度にも慣れきっているカーラが、ラウレンツに用意された侍女達に視線で案内するよう訴えた。

「ご案内いたします」

侍女の後を追って、クラリッサはホールの階段を上った。

用意された部屋は二階の廊下を少し歩いて、一番豪華な扉を通り過ぎた隣だ。入口の扉には四隅に四季の花が彫刻されており、華奢ながらに華やかなデザインだった。

扉を開けて、室内に入る。

部屋も花のモチーフを使った木製の調度で統一されている。カーテンやシーツ、天蓋等は全てシンプルな白だった。印象的なのは、庭園を一望できる広いテラスがあることだ。

一般的な貴族邸の造りならば、奥にある扉は一つが衣装部屋で、一つが浴室、もう一つは夫婦の寝室だろう。

部屋を見回すクラリッサに、侍女の一人が口を開く。

「リネン類は、明日以降奥様のお好きなように整えて構わないとお聞きしております」

「そう」

「寝台はこちらに一つと、あちらの扉の先に当主夫妻の寝室がございます。浴室もそれぞれに」

「分かったわ」

この侍女達がどこから来た者なのか、クラリッサは知らない。

ラウレンツが皇城から連れてきた者なら良いが、クラリッサとの結婚を機に新しく雇った者であれば、ベラドンナ王国の手の者が紛れている可能性もあった。

使用人の身元調査を行うまでは、アベリア王国と同様に振る舞わなければならない。

「支度を始めるわ。早く湯浴みをしてしまいたいのよ。このドレス、綺麗なんだけど窮屈で」

「ご用意できております。こちらへどうぞ」

鏡の前に立つよう言われ、クラリッサは重すぎるドレスの裾を持ち上げて移動した。

一人が浴室へと向かい、二人がこのあと着替える予定のドレスを取りに行く。

カーラを含む三人が、クラリッサのドレスの紐《ひも》を解《ほど》いて脱がせにかかった。


夜会に招待されていたのはクレオーメ帝国の皇族を含む高位貴族達と、アベリア王国から来た外務職員達だった。

クラリッサが王妃からクレオーメ帝国やラウレンツについての情報があれば流すようにと言われていることを、ここにいるアベリア王国側の人間は知っているだろう。クラリッサがクレオーメ帝国に嫁いでも、これまで通りに王妃とベラドンナ王国の傀儡《かいらい》として操りやすい悪女であることを示さなければならない。

そう思って気合いを入れていたから、夜会はあっという間に終わった。

王国で用意された深紅の足に深くスリットが入ったドレスのことも、クラリッサと目を合わさず招待客と談笑を始めたラウレンツのことも、気にする余裕はなかった。

そうしてあっという間の結婚披露の夜会を終えて、クラリッサは入浴し、今、初夜の新妻らしさに欠ける夜着を着て、夫婦の寝室にいる。

アベリア王国で着ていた夜着はどれも露出の多いものだった。そのため、悪女のふりをして用意をした初夜用の夜着もまた、非常にきわどいデザインになってしまったのだ。

透け感どころの騒ぎではない生地の薄いワンピースは胸元に小さなリボンがいくつも付いており、リボンを引くだけで脱ぐことができるというものだ。上着を羽織ることでどうにか危うい部分が隠れているが、その上着もやはりフリルがあしらわれた薄いものだった。

まだ少し湿っている髪も、何も守ってくれていない夜着も、クラリッサの鼓動を早くするばかり。逃げ出そうにも逃げ場はなく、相手がラウレンツだと思うと心臓が変な音を立てる。

「大丈夫……大丈夫よ」

ラウレンツはきっと優しい人だから、クラリッサに乱暴をするなんてことはないだろう。久しぶりの再会だとはいえ、クラリッサはラウレンツに対してその程度の信頼を持っている。

「でも、これは……どこで待っていたら良いのかしら」

いくら手持ち無沙汰だとはいえ、机に向かうのは違う。先に酒を飲むことも多いと聞くから、やはりソファだろうか。それとも、寝台の上だろうか。寝台の上ならば、座って待つのか、横になって待つのか。

男性を誘惑してみせることもあったクラリッサだが、正真正銘、これが初夜である。

しかも、通常貴族令嬢の婚姻のときには母親や既婚の使用人が初夜への心構えを教えるものなのだが、クラリッサは経験豊富な悪女だと思われるように仕向けてきたため、誰も何も教えてくれなかった。まさか経験がないなんて考える者はいなかったのである。

良かったような、悪かったような。教えてもらっていたとしても落ち着いて待つことなどできなかったに違いないから、結果は同じだったかもしれないけれど。

そうしてそわそわと過ごしていると、しばらくしてようやく当主の部屋と繋がる扉が軽く叩かれ、ラウレンツが入ってきた。

どこで待っているかの答えが出ないままだったクラリッサは、ソファと寝台と椅子をぐるぐる移動しており、ちょうど寝台の中心にぺたりと座っているところだった。

顔を上げたクラリッサは、ラウレンツのシンプルな夜着姿に目が留まり、咄嗟に頬を赤くした。

しかし王族らしい気品を失うわけにはいかない。

恥じらいを隠して優雅に微笑み、ラウレンツを室内に迎える。

「ラウレンツ様。お待ちしておりました」

その振る舞いを見て、ゆっくりと入ってきていたラウレンツは一瞬足を止めた。

「やはり、噂は本当だったか……」

ラウレンツが小さく呟く。

その声を聞いた瞬間、クラリッサは身体を震わせた。同時に僅かに首を傾げたのは、言葉の意味が分からなかったからだ。ラウレンツから自分の姿がどう見えるかなど、考えもしなかった。

「——エヴェラルドに言われて王女と結婚することを了承しましたが、まさかこんな人間だったとは思いませんでしたよ。まったく、エヴェラルドは一体何を考えているのやら……ともあれ、私は貴女《あなた》のような悪女を嫁に迎えるためにこの邸を支度していたわけではありません。正直に言って、最悪な気分です。……まあ、貴女と結婚するのはこの国とエヴェラルドのためです。ですので仕方がありませんからね、公爵夫人として充分な予算だけは用意してあげます。それ以上に浪費をしたら、私は容赦なく貴女の持ち物を売りに出しますよ。精々覚悟しておいてください。ああそれと、この邸の使用人は私が皇城にいたときから仕えてもらっている者達ばかりです。貴女が彼等に何かしたら、私は迷わず貴女を追い出しますから、そのつもりで過ごしてくださいね」

あっけにとられて何も言えずにいるクラリッサの前で、ラウレンツが左手で眼鏡を上げた。

「話は以上です。この部屋も勝手に使ってください。それでは、おやすみなさいませ」

ラウレンツが踵《きびす》を返して夫婦の寝室を出て行った。

当主の部屋へと繋がる扉が音を立てて閉まり、クラリッサははっと意識を取り戻す。

頬が熱い。身体もなんだか火照っている気がする。

「——…………なんて、素敵な声なの」

こんなに長くあの声を聞いていたのは今が初めてだった。

クラリッサにだけ向けられる声は冷たい音でもやはり柔らかな音で、直接クラリッサの脳に働きかけられているかのようだ。

正直に言おう。

ラウレンツの話の内容を、クラリッサは全くと言って良いほど理解していなかった。

つまり、聞いていなかったのだ。

「あのまま聞いていたら、おかしくなってしまったでしょうね。出ていってくれて良かったわ。そんな醜態見せられないもの。――……って、出ていった……？」

ラウレンツは先程この部屋に来て、一方的に話をして出て行った。

どうしても声に意識が引っ張られてしまったため、話の内容を完璧に思い出すことはできないが、『悪女』『最悪な気分』『勝手に』……という言葉は覚えている。

「え？　つまり私、ラウレンツ様に完全に嫌われた？」

状況を整理するように独り言を口にして、クラリッサははたと自分がどんな格好でラウレンツを待っていたのかに気が付いた。

露出の激しい夜着は簡単に脱げる変態仕様。あちこち移動したせいで隠すはずの上着も微妙に隠し切れておらず、湿った髪は下ろしたままだ。しかも寝台の中心にしどけなく座ってラウレンツを待っていたのだ。

照れ隠しをしたせいで、頬を染めて挑発的に微笑んでいるように思われたかもしれない。

「あああああああああ！　もう、完全にやらかしたわ……っ！」

クラリッサは一人きりの夫婦の寝室でそう叫ぶと、ぽすんと頭を枕に落とした。

二人で使うはずの寝室で、一人きり。

クラリッサは必死でラウレンツがなんと言ったのかを思い出そうとする。ぐるぐると思考が渦を巻き、少しでも思い出す度にクラリッサは頭を抱えてもだえることになった。

全てを思い出したのは、もう空が白み始めた頃。

夜の間一睡もできなかったクラリッサは、朝日が昇り始めてから疲労の限界を迎えて気を失うように眠りに落ちた。

朝起きられずにラウレンツからの印象が更に悪化してしまうとは、クラリッサはこのとき、全く思っていなかった。

４章　目指せ、理想の公爵夫人！

「――どういうことですか、クラリッサ様」

クラリッサはカーラに問い詰められて、寝不足で目の下に隈《くま》ができた顔を僅かに顰《しか》めた。

結婚式の翌朝。

夫婦の寝室から起きてこないクラリッサに、侍女達は仕方がないことだとのんびり過ごしていた。

しかしラウレンツは起きているというのに、もうすぐ昼という時間になってもクラリッサが起きてこない。

どうもクラリッサに近付きたいとは思っていないらしい侍女達は、初夜の後だからと半ば呆《あき》れた顔で先に朝食を済まそうと出て行ったが、カーラはクラリッサが起きたら皆に知らせる役目を自ら請け負ってその場に残った。

カーラは痺《しび》れを切らして、夫婦の寝室の扉を開けた。

そして、昨夜の出来事をクラリッサ本人から聞くことになったのである。

「どういうことも何も……そのままよ。ラウレンツ様は『悪女を嫁にするなんて最悪だ』というようなことを仰って、部屋を出て行ったの」

「ですが、二人きりの寝室ですのに、何故《なぜ》クラリッサ様は悪女のふりをなさったのですか」

「私は、別に悪女のふりなんてしていなかったのよ」

クラリッサからしてみれば、これは奇跡的に起きてしまった事故だ。

たとえそれまで悪女のふりをしていても、もしかしたら説明して和解できたかもしれなかった。

ただ、クラリッサの姿勢も服装も容姿も、全てが男性に慣れた扇情的なものとしてラウレンツの瞳に映ってしまい、それまでの悪女のふりと決定的に結びついてしまった。

クラリッサが説明すると、ようやくカーラは完璧に状況を理解したようで、仕方がないというように深く溜息を吐いた。

「……クラリッサ様は外見が整っていらっしゃるから、悪女と言われても納得させてしまうんですよ。言っても仕方のないことなのですが……」

「褒めてくれるの？　ありがとう」

「今に限っては褒めてないです」

「あらまあ」

ぽつりと言った言葉にすら、そういうところですよ、と溜息を吐かれる。どういうところなのだとクラリッサは思ったが、口には出さなかった。

代わりに、ぎゅっと握った右手で作った拳を思いきり突き上げる。

朝まで考えて決めた決心を口にした。

「――だから私、完璧な公爵夫人を目指そうと思うの！」

「…………はい？」

「ラウレンツ様は、私のことを悪女だと思って嫌っていらっしゃるのだもの。つまり公爵夫人として完璧に振る舞えば好かれるのよ。元々社交界で地位を築こうとしていたのだから、都合が良いわ」

「それは、そう……ですけど。でも、この邸の中にもベラドンナ王国の手の者がいるかもしれないって言ってませんでした？」

「ああ、そういえばそうだったわね。いないそうよ」

「まだ調査は済んでおりませんが⁉」

「ラウレンツ様が、ここで働いている使用人は皆皇城から連れてきたと仰っていたわ。クレオーメ帝国の皇城にベラドンナ王国の手の者はいないもの」

クレオーメ帝国の皇城は、採用時に他国の間諜《かんちょう》が入りづらい工夫がしてあるのだそうだ。アベリア王国で王妃が愚痴を言っていたのを覚えている。

そしてこの邸の使用人については、当主であるラウレンツが言っていたのだから間違いない。

「そんな重要なことをサラッと……」

「本当よね。実は親切な方なのかしら」

「違うと思いますが……」

カーラが呆れた顔をする。

クラリッサはくすくすと笑って、ちらりと時計を見た。

「確か今日はラウレンツ様もお休みだったわね。カーラ、昼食に間に合うように身支度をお願いね」

「かしこまりました。今すぐに」

カーラが部屋を出て、侍女達を呼びに行く。五分と経たずカーラは侍女を三人連れて戻ってきて、クラリッサにドレスをどれにするかと聞いた。

クラリッサは侍女と共に衣装部屋を開ける。中には、色とりどりのドレスが丁寧にハンガーに掛けられていた。

しかし、クラリッサは比較的落ち着いた紺色のドレスを手に取って首を振る。胸を強調する強すぎるほどのギャザーと、あえて足首を見せる扇情的なドレスだった。色が濃い分、その装飾が白い肌を艶《なま》めかしく見せることだろう。

クラリッサは全く気にせず着ることができるが、これを着たら間違いなく悪女らしさを補強する結果になるだろう。そもそも、休日の昼間に全く合っていない。

「何か……何かないのかしら！」

これまでアベリア王国では、悪女だと、薔薇《ばら》の棘《とげ》だと、皆に言われてきた。周囲からの印象がそうだと分かっていたし、何よりクラリッサ自身がそういった印象を抱かれることに対して利益しか感じていなかったから、全く抵抗なく着ることができていた。

こうして悪女脱却を目指すと決めてしまうと、これまでのクラリッサを知る者が誰もいない場所でこんなドレスを着なければならないのだとなると、どうしても気恥ずかしさが募る。

「仕方ありませんよ……クラリッサ様」

最初に諦めたのはカーラだった。やはり付き合いが長いだけあって、クラリッサのことをクラリッサ以上に知っている。

「何を着ても華やかに見えてしまうのはその容姿から仕方のないことですし、嫁入道具がこういったデザインに偏ってしまったのもまた、これまでのお立場からすると当然のことです」

「そうね……わかったわ」

カーラの言葉を聞いたクラリッサは、侍女達にどうしようもない命令をする。自分でも、不可能だと分かりながら。

「――今ここにあるものを使って、精一杯素敵な公爵夫人に見せて頂戴！」

「かしこまりました」

先に予想していたらしいカーラが、真っ先に姿勢を正して頭を下げた。


クラリッサが食堂へ行くと、ラウレンツは書類を読みながら紅茶を飲んでいた。ラウレンツが書類から顔を上げ、クラリッサを見る。

クラリッサはドレスの裾を軽く持ち微笑む。

「――おはようございます。お待たせいたしました、ラウレンツ様」

「おはようございます。……昼食はこちらで食べるというので待っていましたが、まったく……悪女は朝寝坊なばかりでなく、支度にも無駄に時間がかかるのですね」

「ええ……」

クラリッサは曖昧に返事をして、使用人が引いてくれた椅子に腰掛ける。

「昨日からずっと思っていましたが、そのドレスのデザインもどうなっているのですか。女性が背中を腰より下まで露出したり、足を見せるような……そんなものがアベリア王国では流行しているのですか？」

「そうですわね……」

話の内容はほとんど耳に入っていない。

食事が運ばれてきた。クラリッサは無言のまま祈りを捧《ささ》げて、カトラリーに手を伸ばす。最初に食べたサラダは野菜が新鮮で口の中でしゃきっと音を立てる。

クラリッサは先にスープを飲もうと決めて、スプーンに持ち替えた。

本当に、なんて良い声なのだろう。まるで天上の音楽に心が洗われるような、それでいて甘く蕩《とろ》けてしまいそうな、そんな声だ。せっかく今話してくれているのだから、この声をサラダの音で邪魔したくない。

静かにスプーンを口に運びながらそっと目を閉じる。ラウレンツの顔も好きだが、声の前には顔など無力。初恋の相手だったからというのも勿論あるが、この声を特等席で聞けるだけでも結婚して良かった。

クラリッサはすっかりラウレンツの声に酔いしれていた。

「……私の話を聞いているのですか？」

ラウレンツの声が止まる。

はっとして目を開けて、ラウレンツの綺麗な顔に皺が寄っていることに気が付いた。

「き、聞いておりますわ！」

聞いていなかっただなんて、とてもではないが言い出せない。いや、ラウレンツの『声』ならば聞いていたから、決して嘘《うそ》をついてはいない。

とはいえクラリッサは今朝、完璧な公爵夫人を目指そうと決めたばかりだ。ここまでの印象は最悪だが、いつまでも声だけを聞いて夢の中にいるようでは、ラウレンツと並び立てるような妻になれるはずがない。

クラリッサは気を取り直して、話題を変えようと口を開いた。

「ラウレンツ様は、今日はお休みでしたか」

「……ええ。流石に、結婚式の翌日は休日にしました」

「そうですよね！　私ったら失礼いたしました」

それはそうだ。多くの場合そのまま新婚旅行に行くことが多いのだから、結婚式の翌日どころか、連休である方が一般的だろう。ラウレンツの口ぶりからして、明日には仕事なのだろうが。

また変な質問をしてしまったと思ったクラリッサは話題を変える。

「あの。ところで私、商人を呼びたいのですけれど」

「商人？」

無理があると思ってはいたが、ラウレンツはあまり気にならなかったようだ。

クラリッサはラウレンツに話す隙を与えないように、すぐに話を続けた。あまり多くラウレンツに話をさせたら、またクラリッサは話を聞けなくなってしまう。どうにか集中して、話の内容を耳に入れようと、クラリッサはこっそり机の陰で手の甲を抓った。

「ええ。家具と、ドレスなどを揃えたいと思いまして」

「――……………悪女が浪費か」

ラウレンツがぽつりと呟く。

クラリッサはそれでもはっきりと聞き取れなかった言葉に小さく首を傾げた。

「何か仰いました？」

「いいえ、なんでもありません。そうですね、身元が確かな者ならばこの邸へ招いて構いません。ただ、直接でなくても構いませんので、来客がある際には事前にエルマーに伝えてください」

「分かりましたわ」

「ああ、それと、お金は公爵夫人の予算として用意した分がありますので、後で確認してください。予算内でしたら好きにして構いません」

「ありがとうございます、ラウレンツ様」

後でカーラに頼んで確認してもらおう。

クラリッサはそれきり口を噤んでしまったラウレンツに安心し、同時に残念にも思った。あの声をもっと聞いていたかった。

無言の食事には慣れていて、今更クラリッサが何かを思うことはない。クラリッサは新鮮な食材が使われた料理に感心しながら、美味《おい》しい食事を楽しんだ。

カーラがクラリッサに同情の目を向けていたが、クラリッサは決して目を合わせようとはしなかった。


「――クラリッサ様、エルマーから書類を預かってきました」

「ありがとう。確認するわ」

自室に戻ったクラリッサは、早速カーラに頼んでエルマーからクラリッサの分の予算を聞いてきてもらうことにした。書類には、月毎と年間合計の金額がずらっと並んでいる。

クラリッサはそれを見て、目を丸くした。

「これ、本当に私個人の予算？　この家のじゃなくて？」

「はい。そうエルマーが言っていました」

「こんなに……どういうつもりかしら。アベリア王国の方が立場が低いのは国力を考えても当然のことなのだから、悪女である私を冷遇しても誰も文句を言わないでしょうに」

その金額は、アベリア王国ならば伯爵家一つ分の予算とほとんど変わらなかった。

とんでもない好待遇である。こんな金額を自分にぽんと預けてどうするつもりかと不思議に思うクラリッサに、カーラが笑う。

「どういうつもりって、お金があるってことですよ。臣籍降下するときにも貰っているでしょうし、クラリッサ様もご存じの通り、領地も良い場所なので固定収入があります。この邸だってわざわざ今回のために建てたって話です。それに、公爵夫人ともなれば社交への招待も多いでしょうし、この邸で開催することもあるでしょう。そういったものに使うお金でもあるようです」

「それはすごいわね」

「……まああの人でしたら、悪女をお金で大人しくさせておこうとか、そういう意味もあるかもしれませんが」

「う……そ、それはもう仕方がないわ！」

侍女達に頼んだとはいえ素材が変わるものではない。当然無茶は無茶、不可能は不可能である。

胸元が開いた裾が開いた紺色のドレスに、ペチコートを重ねて縫い合わせて足の露出を抑えた。胸元にはレースの布をギャザーを入れて縫い付けることで、谷間が見えないようにした。

しかしそれでも派手な美人顔のクラリッサがそれを着ると、かえって禁欲的な色気が溢《あふ》れてしまったのだ。そもそも持ち込んだ化粧品を変えていないので、口紅は鮮やかな赤。

どう考えても、その時点で公爵夫人らしい清楚さや嫋やかさとは無縁だ。

クラリッサがどれだけ悪女らしくない見た目になりたいと思っても、ここにあるドレスと宝飾品ではとても無理なことだった。

クラリッサは溜息を一つ吐き、すぐに指示を出す。

「とにかく、カーラ。信頼できる商人とデザイナーを呼んでくれる？　できれば、ラウレンツ様との付き合いのない者が良いから、エルマーに確認してね」

「付き合いのある者にした方が、クラリッサ様が変わろうとしていることを分かってもらえるのではありませんか？」

カーラが不思議そうに問い返す。

クラリッサは熱くなる頬を扇で隠した。扇に付いた鳥の羽が、ふぁさぁと揺れる。

「だって……私がこんなことをしているってばれたら、恥ずかしいじゃない……」

クラリッサの言葉に、カーラは何事かを言うのを呑み込んで、一礼して部屋を出て行った。

◇◇◇

「――カーラ、お疲れ様です」

カーラがエルマーの執務室に行くと、エルマーは机から顔を上げてこちらを見た。さりげなく机の上に置いたままの書類を隠すところも抜け目なく、流石は元皇族の執事頭だと、カーラは感心させられる。

「お疲れ様です、エルマーさん」

ありがたいことに、エルマーはクラリッサが悪女であっても、ラウレンツとクラリッサの仲がこんな状態であることを知っていても、きちんとクラリッサのことを公爵夫人として扱っており、更にカーラには友好的に接してくれる。

なんてできた人だろうと思うと同時に、そのそつのなさが恐ろしくもあった。とにかく仕事をしようと、カーラは早速エルマーにクラリッサからの頼みを伝える。

「クラリッサ様から、商人とデザイナーを邸に呼びたいと伝言を受けてきました」

「そうでしたか。それでは、懇意にしている店をお教えしましょう」

「いいえ。クラリッサ様は、公爵様と付き合いのない者が良いと仰っております」

カーラの言葉に、エルマーは驚いたように目を見張った。

それはそうだ。

クレオーメ帝国にまだ慣れていないクラリッサが買い物をしようとするならば、確実にラウレンツと繋がりのあるところに頼んだ方が顔も利くし、融通が利く。

当然他にも信頼できる商人はいるが、普通の貴族の妻は夫の人脈を頼るものだ。わざわざ違う商人を呼びたいだなんて、深読みする者ならば何か悪巧みをしていると勘違いされるだろう。

カーラはもし誤解されたらどう説明しようかと注意深く観察していたが、エルマーは表情を崩すことはなかった。

「それでしたら、王都の主要商会リストがありますのでお渡ししましょう。デザイナーについては……女性向けのドレスでしたら、ここか、ここがおすすめです」

エルマーは棚から商会リストらしい表が書かれた紙を引っ張り出し、メモ紙にドレス作りで有名な仕立屋と代表デザイナーの名前を書いた。

一歩近付いたカーラにそれらを渡す。

「呼ぶ際には、邸のサロンを使っても構いません。それから、旦那様と奥様の呼称についてですが――」

「申し訳ございません。変えるつもりはありません」

カーラがはっきりと言うと、エルマーは仕方がないというように首を振った。エルマーならば強制できるのにそうしないのは、カーラの意思を尊重してくれているからだろう。

「……では失礼いたします」

カーラは一礼して執務室を出た。

使用人として正しくなくても、カーラだけはクラリッサの完全な味方で居続けるつもりだった。


クラリッサがクレオーメ帝国に嫁ぐと決まったとき、連れて行くことができる使用人は侍女一人だと条件を付けられた。

本当は王妃が自分の手の者を連れて行かせたがっていたのだが、カーラ以外の使用人は悪女であるクラリッサと二人きりで異国に行くのを嫌がった。使用人が行きたくないと言っているのに無理強いしても、クレオーメ帝国に行ってから裏切られる可能性がある。

王妃も仕方がないと諦めたため、カーラはクラリッサの希望通り共に来ることができたのだ。

万一付いて行けなかったとしても、カーラは仕事を辞めて単身クレオーメ帝国に行こうと決めていた。正攻法でここにいることができて本当に良かったと思っている。

カーラには家族がいない。両親が生きているのか死んでいるのかも分からない。ただ、物心ついたときには国が運営している養護施設にいた。

施設が予算不足で一定以上の年齢の子供を追い出すことを決めたとき、ぎりぎり十歳になっていたカーラもその対象になってしまった。器用な子供は追い出される前に仲の良い大人を作っていたため、住み込みの仕事を見つけたりもしていたが、多くの女児が夜の街に連れて行かれた。行き倒れた者も多かったようだ。

カーラはそうなる前に逃げ出して、林に落ちている木の実を食べながら命を繋いでいた。

一週間ほどが経った頃、王都に大雨が降った。

林では濡れてしまうため、どうにか雨宿りができる場所を探そうと外に出た。そして、カーラはクラリッサに出会った。町外れで歩けなくなり、びしょ濡《ぬ》れで座り込んでいたところを、クラリッサが拾ってくれたのだ。

遠くから見ることしかなかった王城に連れて来られ、身体を洗われ、熱が下がるまで使用人に看病された。元気になって困惑していたカーラに、同じくらいの歳のクラリッサははっきりと言った。

「貴女が絶対に私を裏切らないと誓うのなら、私の侍女にしてあげても良いわ」

子供ながら派手なドレスを着て傲慢に振る舞うクラリッサのことを、最初は違う世界の人間だと、こんな者達の贅沢のためにカーラ達は貧しい生活をしてきたのだと、悔しく恨めしく思っていた。

それでも生きるために咄嗟に頷いた自分自身を、カーラは嫌っていた。

侍女になるのならと無理矢理詰め込まれた知識と礼儀作法にも、こんな孤児に教え込んでも意味などないと腹が立っていた。

それなのに。

今のカーラは、どうしようもなくクラリッサのことが好きだった。忠実と言って差し支えない。

手柄を立てようと必死で空回りしている国王と、アベリア王国を我が物にして掌握しようとしているベラドンナ王国出身の王妃。その娘であるクラリッサは、悪女であることで、必死に自身と腹違いの弟、そして国民達を守ろうとしていたのだ。

カーラは自分と同じくらいの年齢のクラリッサが背負うものの大きさに気付いて、クラリッサを唯一の主人と決めた。

だから、ラウレンツがクラリッサを認めない限り、クラリッサを奥様と、ラウレンツを旦那様と呼ぶことは絶対にない。

大切な主人であるクラリッサをきちんと理解しない旦那など、政略結婚であってもカーラは認めないのである。

◇　◇　◇

それから数日後。

クラリッサは早速エルマーが教えてくれた店の中から服飾と家具の両方を扱う商人と、アベリア王国でも名前を聞いたことがある仕立屋を呼び出した。

先にやってきたのは商人達だった。

商会の男女三人で訪れた彼等に、クラリッサはこれから見るものについては口外しないと約束させた。商人達は深刻な表情で頷いて、嫁いできたばかりだという得体の知れない露出の多い公爵夫人であるクラリッサに警戒しながら付いてきた。

邸の使用人が、クラリッサ達に興味を隠せない様子でちらちらと見ている。気付いていない振りをしながら、クラリッサは自分の部屋へと彼等を招いた。

自室の扉を閉めて、クラリッサはようやく小さく息を吐く。

カーラが応接用のソファに三人を案内して、クラリッサの分まで紅茶を淹《い》れた。

「今日は来てくれてありがとう」

クラリッサが声をかけると、商人達の代表らしい壮年の男が口を開く。

「こちらこそ、お呼びいただきましてありがとうございます。奥様にお選びいただき、大変光栄でございます。パテル商会のドミニクと申します」

ドミニクという名前は、エルマーから貰った表に書かれていた、この地域の営業代表だ。ラウレンツの家の新しい妻に呼ばれたと考えたら、妥当な人選ともいえる。

クラリッサは納得したように小さく微笑んで、ちらりと室内に目を向けた。

「この部屋のリネン類を全て発注したいの。まだ部屋が整っていなくて」

ドミニクは室内をざっと見回す。カーテンも天蓋も白いものが使われているのを見て、現状の布類が全て仮のものだと理解したようだ。

「かしこまりました。事前にお手紙でもお知らせいただいておりましたので、商会で扱っております品のカタログと見本をお持ちしております。ご覧になりますか？」

「ええ。後で見せてもらうわ。でも、今日の用件は他にもあるの」

クラリッサがそう言うと、カーラが衣装部屋の前に立って扉に手を掛けた。

勢いよく扉を開けた先には、色とりどりの豪華なドレスがみっちりと並んでいる。

「これは……壮観でございますな」

「ここにあるドレスを、全部売りたいの。商会にその程度の予算はあるかしら」

クラリッサはそう言って、取り出した扇で口元をそっと隠した。

ドミニクが驚愕《きょうがく》の表情で、衣装部屋を見つめている。

「……触らせて、いただいても……？」

「勿論ですわ。そのために呼んだのですもの。ああ、確認してくださっている間に、こっちのカタログと見本を見させていただくわ」

「ありがとうございます。どうぞ、ゆっくりご覧ください」

ドミニクは立ち上がって、クラリッサの相手に女性商会員を一人残して、男性商会員と二人で衣装部屋に入っていった。布製の手袋をして、手前のドレスを手に取る。

「――こ、ここについているのは本物の宝石ですか!?」

衣装部屋の中から聞こえてきた声に、クラリッサは思わず苦笑してしまう。ここで笑ってしまったら、公爵夫人としては少し無作法だ。平静を取り繕って返事をする。

「ええ。そのはずです」

「もしかして、ここにある全て……!?」

「勿論ですわ」

当然、クラリッサが嫁ぐ際に持ってきたものはどれも高価なドレスだ。全てを持ってくることはできなかったため、アベリア王国であえてしていた浪費によって作ったドレスの中でも、特に宝石が多く飾りが派手なものを多めに持ってきた。

個人の資産を許されなかったクラリッサは、嫁ぐときに持ち込むことができる金貨もなかった。これならばドレスのままでなくとも、宝石だけでも相当の値がつくと考えたのだ。

クラリッサは男性二人が小声で話し込み始めたのを確認して、目の前のカタログに向き合うことにした。分厚い紙の束を捲《めく》り始めると、女性商会員が革製の鞄《かばん》を横に置き蓋を開けた。中には、たくさんの端布が入っている。

「こちらを見て選んでいただいてもよろしいかと存じます」

鞄の中から、女性は華やかな赤と金と紫系の布を十枚ほど取り出した。

仕方のないことだが、商人は客の好みを観察して商品を勧めることが多い。クラリッサは今も悪女らしい派手で露出の多いドレスを着ているのだから、似たような雰囲気のものを勧めた女性は正しかった。

クラリッサは言いにくさを感じながら、口を開く。

「──あの……ね。もっと落ち着いていたり、可愛い感じというか……そういうものが良いのだけれど」

女性は慌てた様子で全ての布を鞄に戻して、また次々と端布をテーブルの上に並べていく。

淡い水色やピンク色、クリーム色などの優しい色合いのものだけでなく、綺麗な青の布と、レースと、刺繍のサンプルまであった。正直、今のクラリッサには全く似合っていない。

「あら、こんなものもあったのね」

「はい。こちらは生地が厚いため、冬の防寒によく使われます。こちらは色が薄いですが、しっかり日光を遮ってくれます」

「素敵ね」

「ありがとうございます！」

喜ぶ女性を横目に、クラリッサはカーラを呼び寄せた。

「カーラはどう思う？」

呼ばれて側に寄ってきたカーラが、テーブルの上を覗き込む。

「……クラリッサ様のイメージに合わせるのでしたら紺色が良いかと存じますが。印象を変えようと思っていらっしゃるのでしたら、明るい色をお選びになってもよろしいかと」

「そうね、カーラの言うとおりだわ」

「はい、ただいま」

女性がまた、テーブルの上の端布を入れ替えた。

そうしてしばらく過ごし、クラリッサがようやく注文を終えたところで、衣装部屋からドミニク達が戻ってきた。

「――ありがとうございます。ドレス、全て購入させていただきます！」

ドミニクは乗ってきたものと別にもう一台馬車を持ってきていて、クラリッサの服の半分以上を馬車に積み込んでいった。

残りのドレスは一週間後、注文したものとドレスの売却金を持ってきたときに渡すことになっている。万一のために契約書も交わしたので、クラリッサはドミニク達を信頼した。

それから一時間後、フェルステル公爵邸にやってきたのは、王都でも一、二を争う評判の仕立屋の経営者でもあるデザイナーだ。

やはり、今話題のラウレンツの結婚相手であるクラリッサからの依頼ということで、責任者が直接やってきたようだ。女性従業員を三人連れている。

クラリッサは彼等をサロンに案内し、自己紹介をして早速本題に入った。

「私が着るドレスを、全てお願いしたくて呼んだのよ」

「……全て、でございますか？」

驚きを隠せないという顔で、責任者のキャシーがおそるおそる口を開く。

「大変恐縮なのですが、夫人は既に多くのドレスをお持ちでいらっしゃるかと存じますが……」

クラリッサはアベリア王国の王女であり、政略結婚でラウレンツの元へ嫁いできた。そのときの姿を見た者達から広まった、クラリッサが悪女だという噂は、キャシーの耳にも届いているようだ。

「ええ。そうなの。好みが変わったから買い替えたいと思って、全て売却を決めてしまったわ」

「なんということを……！」

キャシーが驚愕の声を上げた。

クラリッサは思わず苦笑した口元を扇で優雅に隠して、扉に目を向ける。

「――……そう思うのなら、見ていきますか？」

一般的に仕立屋を呼ぶときには物を広げることが多いためサロンに案内したが、フェルステル公爵邸はクラリッサの私室も充分に広いため、問題ないだろう。

キャシーは一瞬迷ったようだが、クラリッサが問題ないというようにさっぱりと振る舞っていたからか、頷いて立ち上がる。

「では、お邪魔させていただきます」

キャシーはまだ新しい公爵邸の内装に興味があるようで、クラリッサとカーラの後を付いて歩きながらも視線が忙しかった。

クラリッサは私室に入り、自らの手でもう半分も服が残っていない衣装部屋の扉を開ける。そして、一番手近にあったドレスを手に取り身体に当てた。

ドレスは鮮やかな赤色で、深く開いた胸元と何故か背中に開けられた丸い穴が黒いレースで縁取られている。そのデザインのせいで、上品な大人らしさを演出するはずのマーメイドラインが、すっかり台無しになっていた。一級の素材を使っているはずなのに、どう見ても一定年齢以上の娼婦が着るドレスである。

「これを……着ていらしたのですか……？」

キャシーがおずおずと問いかける。

クラリッサは小さく頷いて、ドレスを元の場所に戻した。その拍子に、今着ているドレスの裾が大きく動き、ドレープとドレープの隙間からクラリッサの膝が覗く。

「――!?」

キャシーは息を呑んだ。

クラリッサは小さく首を振って、キャシーにソファへと戻るよう促した。

「ご覧になった通りですの。私、以前はこのような服ばかり着ておりました。でも、結婚してラウレンツ様の妻となった以上、クレオーメ帝国の社交界で悪目立ちをするわけにはいきませんから」

クラリッサにしてみれば、これがぎりぎりの言い訳だった。

アベリア王国とベラドンナ王国の関係を鑑みれば、クラリッサがこれまで悪女の振りをしていたなどと、気軽に誰かに話すわけにはいかない。ましてそれが仲が良いわけでもない仕立屋だったらなおさらだ。

しかし、現在クラリッサが持っている服を見て、突然違う雰囲気の服を大量に買いたいと言えば、おかしいと思われるだろう。

クラリッサにできるのは、結局、本当と嘘を適度に織り交ぜることだけなのだ。

「どうにかして、ラウレンツ様の隣に立っても違和感のないように、それでいてきちんと淑女らしく見えるようにしたいの。……お願い、できるかしら？」

クラリッサの依頼は、実のところキャシーにとっては予想外であり、同時に好意的なものだった。

頭の固い貴族などは、クラリッサのこれまでの服にも急な衣装替えにも冷たい目を向けるだろう。

しかし、キャシーは違う。キャシーは仕立屋の経営者である前に、一人のデザイナーだ。それは同時に、強くファッションを愛する者であるということでもある。

クラリッサの、服によって印象を変えたいと思う気持ちは、服が持つ様々な力に陶酔し全てを捧げているといっても過言ではないキャシーの心を強く摑んだ。

「も……勿論でございます！　私が責任をもって、奥様のご衣装を、全てご用意させていただきます！」

「ありがとう、キャシー様。どうかよろしくお願いね」

クラリッサは、自分が無茶を言っていることを理解している。キャシーに強く感謝をして、クラリッサはふわりと微笑んだ。

その悪女らしさなど全くない美しい微笑みを、キャシーはつい見つめてしまう。

「……どうかなさいまして？」

問われて現実に引き戻されたらしいキャシーは、クラリッサにまっすぐな目を向けた。

「いいえ、なんでもございませんわ。それでは早速、採寸からさせていただきます！」

クラリッサは嬉しくなって頷いた。

というのも、キャシーはこのクレオーメ帝国のデザイナーで二番目に勢いがあるという評判なのだ。ちなみに一番を避けたのは、ラウレンツがよく使っている者であるためである。

二番手とはいえ、当然大人気であることに変わりはない。

急なクラリッサの呼び出しを受け、こうして邸にまで来てくれるというだけでもとてもすごいことなのに、更に多くのドレスを依頼したクラリッサに嫌な顔一つしない。

すぐに採寸をしたクラリッサは、キャシーが次々描き上げていくデザイン画に感嘆しながら、午後の時間を過ごしたのだった。


一週間後、予定通り残りのドレス類を取りに来たドミニクは、家具と大量の金貨と銀貨を持ってきた。侍女に指示をして室内の模様替えを頼み、クラリッサはすっかり空っぽになった衣装部屋を見た。

これまでのクラリッサを縛っていた、悪女風のドレス達。残っているのは今クラリッサが着ている一着だけで、それも今日何着か先に納品されたら、手放すつもりだ。

縫い止められた宝石のようにあまりに重かったそれらを、クラリッサはようやく全て手放すことができる。

「失礼いたします。お部屋の支度が整いました」

サロンで感傷に浸っていたクラリッサは、呼び出しにこれからの生活への希望を込めて立ち上がった。

クラリッサが部屋に戻ると、仮で取り付けられていたリネン類は全て外され、代わりに白っぽい淡い緑色のカーテンが取り付けられていた。同色の布と白いレースを重ねた天蓋に、爽やかな可愛らしい小花が刺繍されたテーブルクロス。花瓶の下の敷布にも同じように刺繍がされている。

壁に掛けられている花畑と風車の絵画もとても愛らしく、殺風景な印象だった部屋はまるで芽吹きを経て色づいていく春の日を思わせる仕上がりとなった。

「素敵ですわ。本当にありがとう……！」

クラリッサはドミニクにしっかり礼を言い、改めて自室を見渡した。優しい印象でまとまった部屋はとても居心地が良い。

クラリッサはテーブルの上に置かれている金貨に目を止めた。

「買い取りもしてくれてとても助かりました。今後、贔屓《ひいき》にさせてもらいますね」

「ありがとうございます。そう仰っていただきましたこと、身に余る喜びでございます」

「この硬貨は、注文した分を抜いてあるのですよね」

「ええ、はい。奥様へお渡しする分だけご用意させていただいております」

「分かりましたわ。……無理な願いを聞いてくれてありがとうございました」

クラリッサの謝辞に慌てながらも満足げに出て行ったドミニクを見送って、クラリッサはアベリア王国王城の自室よりも居心地の良いクレオーメ帝国の公爵邸に思わず苦笑する。

こういうのは、一般的に自分の実家をこそ良いものに感じるはずだろうと思い、そうでないのも当然だと思い直した。

アンジェロとエヴェラルドのことは気にかかるが、クラリッサがクレオーメ帝国にいる限り何もできることはない。そしてクラリッサは嫁いできたのだから、どうにかしてラウレンツに相応しくある努力をしなければならない。

クラリッサは金貨銀貨を詰めた袋を机の鍵付きの抽斗にしまう。

ベラドンナ王国の人間が紛れ込んでいないことは分かったが、それでもこの公爵家の中でクラリッサはまだ余所者《よそもの》だ。個人的な金を預けるのは気が引けた。

この一週間で、クラリッサは自身の立場を充分に理解していた。

クラリッサに付けられた侍女達は、できるだけクラリッサに近付かないようにしているようで、部屋の片付けや来客のもてなし等の必須の仕事以外ではクラリッサが呼びつけなければ側に寄ってこない。他の使用人も、それぞれの仕事の範囲では充分に働いているが、クラリッサと友好的にしようという者はいなかった。

唯一態度が変わらないのは執事頭のエルマーだ。流石というべきか、クラリッサに対して良い印象は抱いていないであろうに、出会えば不自由は無いかと都度聞いてくる。親切な態度はカーラにとってもそうであるようで、警戒心が強いカーラはそのそつのなさが怖いと漏らしていた。

そして、ラウレンツはといえば。

「――……もう、食事も待ってもらえないのよね……」

クラリッサが最初に朝寝坊をして昼食も待たせたことが原因だったのか、ラウレンツは食事の時間すらクラリッサとは共に過ごそうとしなくなっていた。ラウレンツが食べたい時間に食べ、クラリッサが偶然同じ時間に食堂にいたとしても、無視こそされないが、最低限の挨拶以外はしてくれない。

それでもクラリッサにとっては日に一度か二度だけでもラウレンツの声を聞くことは心身の健康

のためにも最重要項目だ。

クラリッサはできるだけラウレンツの食事の時間と被《かぶ》るように部屋を出て、食堂で会えるように努力した。

ラウレンツは皇城で食べてくることも多いため、空振りも多いのだが。

「いいえ、まだ逃げられないだけましよ！　今日からは服装だって、ちゃんと――」

クラリッサが独り言で気合いを入れようとしたところで、部屋の扉が叩かれる。

「クラリッサ様、キャシー様がいらっしゃいました」

カーラの声が外から聞こえて、クラリッサはすぐに立ち上がった。早足で扉に向かうと、上がった気持ちのまま思いきり開ける。

「ありがとう、カーラ。今行くわ」

支度ならもうできている。クラリッサは早足で部屋を出ると、走り出したい気持ちを堪《こら》えて一歩ずつ階段を下りた。

キャシーの姿が見えて、微笑みかける。

「――キャシー様、いらしてくださってありがとう」

「いいえ、私こそお呼びいただきまして誠にありがとうございます」

キャシーの後ろでは、従業員らしい女性達が次々と箱を運び込んでいる。

依頼から一週間で全てを用意することは不可能だと思い、クラリッサはキャシーに、既製品でも構わないからと取り急ぎの私服と、社交用のドレスを昼と夜一着ずつ依頼していた。当然それでは足りないので、もっと多くの服を依頼しているが、それらはでき次第持ってきてもらうことにしている。

そのため、今日は少ない荷物で来ると思っていたのだが、それにしては箱の数が多いような気がする。

クラリッサはキャシーの正面で立ち止まり、運び込まれている荷物に目を向けた。

「あの、この荷物は」

「はい！　あの後店に帰り従業員達と話をしたところ、皆次々にアイデアを出し盛り上がりまして……普段着については細かなご指定もなく、既製品を使っても構わないとのことでございましたので、既製服を加工させていただきましたものを含め、できたものを全てお持ちいたしました」

「こんなにたくさん……ありがとう、嬉しいわ」

「ただ、やはり茶会と夜会用のドレスは一から作るため、一着ずつなのですが……」

「構いませんわ。そうね……カーラ、手が空いている者に荷物を私の部屋まで運ばせて」

「かしこまりました」

元々、玄関ホールの側でこちらを窺っていた者が何人もいた。きっと悪女が何をしているのかと気にしていたのだろう。

クラリッサにとっては慣れた視線のため気にしていなかったが、今は都合が良い。このたくさんの荷物を運ぶには、とにかく人手が必要だ。

クラリッサが言うと、早速カーラはその辺りにいた使用人を五人ほど連れてきた。その内の数人は箱に刻印されている模様がキャシーの仕立屋のものだと気が付いたようで、ちらりとキャシーの顔を確認して驚いている者もいる。やはり彼女の店は有名なのだろう。

箱を全て部屋に運び込んで余計な使用人を追い出したところで、カーラがクラリッサとキャシー達に紅茶を淹れた。

「私といたしましては、細かくデザインを打ち合わせしていない普段着につきましては、本日お持ちした中でクラリッサ様がお気に召されたものをお選びいただけましたら幸いでございます」

「それでは折角作っていただいたのに……」

「構いませんわ。選ばれなかったものは当店で販売させていただきますので」

キャシーの仕立屋は、既製服を取り扱う店舗を併設している。そちらで販売すれば良いと言っているのだろう。

「……まずは見せていただきますわ」

クラリッサはそわそわと立ち上がり、次々開けられる箱の中身を覗き込んだ。


結果として、持ってきてもらった服は全て買うことにした。

クラリッサは全ての服を売ってしまっていたし、何よりキャシーが持ってきた服がどれも可愛らしくかつ上品で、露出を抑えながらも大人らしさのある素敵なものばかりだったからだ。

「お買い上げいただきありがとうございます。店の者達もきっと喜びますわ」

キャシーは何枚もの金貨と銀貨を抱えて、嬉しそうな顔をして帰っていった。

クラリッサは早速買ったばかりの服に着替えた。

控えめにレースをあしらった白い襟付きブラウスに、赤と緑の細かな格子柄の丈の長いスカート。腰にはふっくらとしたリボンがついている。揃いのベストを着て胸元にルビーを使った花を模《かたど》ったブローチをつけると、クラリッサの赤い目ともよく馴染《なじ》んだ。

キャシーに頼んで新たに購入した化粧品を使って化粧をし直すと、悪女らしさなどどこにもない、ただ美しく知的な印象の令嬢、という見た目になった。

髪も緩く編んで垂らしているため、これまでのクラリッサと同じ人物には見えないかもしれない。

「カーラ。似合うかしら?」

「本当に……本当に、よくお似合いでございます!」

カーラが万感極まったとでもいうほどの勢いで、クラリッサを褒める。目に涙が滲んでいるようにも見えるのは気のせいだろうか。

「そ、そんなに今まで似合っていなかったかしら……」

褒められすぎて少し引いてしまったクラリッサに、カーラは違うと首を振った。

「そうではありません。私は、クラリッサ様のこれまでの努力を知っております。だから……だからこそ、こうして年相応の、可愛らしい服を選んで着ることができた今日に、心から感謝しているのです」

その褒め言葉はクラリッサには擽《くすぐ》ったく、同時にとても嬉しかった。

もしもクラリッサの行動がラウレンツに受け入れられなかったとしても、カーラが喜んでくれたのだから意味はあったのだと、そう思うことができたのだ。

「そうね。これまで、こんな服は着てこなかったもの。ありがとう、カーラ」

クラリッサは鏡の中の自分にもう一度目を向けて、それからぐっと拳を握った。

「――見た目は完璧だわ。次は中身よ」

「中身、ですか?」

カーラの問いかけに、クラリッサはしっかりと頷く。

「そう。まだこのフェルステル公爵家について、ほとんど知らないのだもの。邸もそうだけれど、『素敵な公爵夫人』としては領地についても知らなければならないわ。ちゃんとした服が用意できたのだもの。ちゃんと見てもらわなければ意味もないしね」

クラリッサはそう言って、カーラに指示を出す。

「カーラ。ここの使用人に頼んで、邸の中を案内してもらえるように頼んでくれる?」

「かしこまりました。では、エルマーに確認いたします」

カーラが出て行って一人残された部屋で、クラリッサはソファに腰を下ろして満足げに笑う。

その手に持っているのは、先程まで使っていた羽根がふぁさふぁさしている扇ではなく、貴重な木材と絹を使った扇だ。白い絹には同色の糸で薔薇の花が刺繍されており、縁には控えめなフリルがついている。これもキャシーが用意してくれたものだ。

見た目が変われば、自然と他人が自分を見る目も変わる。

それを、クラリッサは自らの経験として、はっきりと理解していた。

カーラからクラリッサの頼みを聞いたエルマーは、翌日に自身が邸内を案内すると言ってくれた。クラリッサは感謝して、十時からと時間を決める。

その日も、クラリッサは侍女達に着替えを頼んだ。そして、まだ半分も埋まっていないクラリッサの衣装部屋とそこに掛けられた新しい服を見て、侍女達は言葉を失った。夜の支度はカーラが請け負っていたため、昨日彼女達が見た服とは全く雰囲気も形も印象も全てが変わっていたのだ。

「今日は邸を見て回るつもりだから、動きやすいワンピースでも良いわね」

クラリッサが言うと、言葉を失っていた侍女達はようやく自身の仕事を思い出したようで、慌てた様子で動き出した。

その内の一人が、おずおずと口を開く。

「――……ご、ご趣味が変わられたのですか……？」

悪女だという噂のクラリッサに問いかけるのは相当怖かったようで、少し手が震えている。

クラリッサは小さく溜息を吐いて、仕方がないと小さく笑った。

「そうね……私、こういう服の方が、好きだったのよ。ずっと」

本当は、夜会の中心で毎回決まった相手と踊っている清楚かつ華やかな令嬢達に、そして彼女達が着ているドレスに憧れていた。

決してクラリッサが着るわけにはいかなかったそれらは、一粒一粒が充分すぎる輝きを持った宝石のようで、目を細めて見つめたことは数知れない。

侍女は理解できないというような顔をしていたが、すぐにクラリッサがアベリア王国の王女であることを思い出したようだ。彼女達は元々クレオーメ帝国の皇城勤め。当然、王族や皇族の間には様々な制約や事情があることを知っている。

侍女ははっとした顔をして、それからきらきらと輝く笑顔をクラリッサに向けた。

「では、選ばせていただきます!」

話を聞いていた他の侍女達も、どうやらやる気になったようだ。

やはり、服というのは素晴らしい。クラリッサは少しだけ侍女達との距離が近付いた気がして、嬉しくなった。

約束の時間に迎えに来たエルマーは、出てきたクラリッサの姿を見て驚きを隠せないようだった。いつも冷静なエルマーにしてはとても珍しい。

「奥様……キャシー様の店で買われた新しい服とは、そちらのことでございますか?」

クラリッサは侍女達が着せてくれた服を見下ろす。

今日はグレーのワンピースだ。

柔らかな起毛素材で、胸元には膨らみを強調しない程度に上品なギャザーが寄っている。胸の下で同素材のリボンによる切り返しがされ、背中で結ばれている。袖がふわりと広がって袖口で窄《すぼ》まったデザインは柔らかさがあって、ふくらはぎを隠す程度の丈の短めなワンピースであっても清楚な印象になった。

「ええ。似合っているかしら？」

「と、とてもお似合いでございます。お部屋も素敵でいらっしゃいますね……」

昨日ドミニク達が来ていたことには気付いていたが、まさか部屋がこんなに爽やかに可愛らしくなっているとは思わなかったのだろう。

最も情報が集まるであろうラウレンツの補佐をしているのだから、クラリッサのアベリア王国での振る舞いも伝わっているはずだ。この変化に驚くのは当然だった。

クラリッサはそれを承知していながらも微笑んで、エルマーの驚きをなかったものとして処理した。

「ありがとう。折角こちらに来たのだから、やれることはやりたいと思ったの。早速、案内してくれるかしら。この機会に、カーラも一緒でいいかしら」

「勿論でございます。それではこちらからどうぞ」

エルマーは上から順に案内することに決めたようだ。

三階には上級使用人の執務室と仮眠室、広いサンルームがある。

二階にはラウレンツの部屋と夫婦の寝室、クラリッサの部屋。ラウレンツの執務室と図書室。複数の客間と、使用人が茶を淹れるための給湯室があった。

特に廊下の突き当たりにあった図書室は資料室でもあり、ラウレンツが皇子であったときからの領地の資料と、他領の特色ある施策等についてもまとめられているようだ。当然蔵書も多く、机も置かれた立派なものだった。

一階には玄関ホールと、サロンと食堂。厨房《ちゅうぼう》、給湯室のほか、大広間と遊戯室もあった。皇都のタウンハウスであっても社交ができるように造られた大きな邸は、確かに臣籍降下した公爵が住むに相応しい邸だと感じさせられた。

一階の廊下から庭に出た。美しくきっちりと整えられた前庭に対して、裏庭は自然を活かした造りになっている。緩やかな曲がり道を作るように植えられた木々、大きな温室、小川と池。川には橋が架かっていて、水音が心地好い。奥には小さな畑まであった。

説明をしながら庭園をぐるりと回って廊下に戻ると、歩きやすい靴を履いてはいたが、クラリッサの足は少し痛んだ。

「——以上でございます。邸の中は自由に使っていただいて構いませんが、ものを動かす際には一声おかけください。庭の植物も同様です。今後、客室にお客様がお泊まりになる際にはお声をかけさせていただきます」

「図書室の本は?」

「図書室内でお読みいただく分には問題ございませんが、持ち出す際には私に題名を伝えてくださいますと助かります。……旦那様がお読みになりたいというときに、見つからないと困ってしまいますので……」

質問に歯切れ悪く答えたエルマーに、クラリッサは微笑んだ。重要な書物が詰まっている図書室を、他国から来たばかりの嫁に使わせてくれるだけありがたい。すぐに信頼できないのは当然だから、クラリッサも特に気にならなかった。

「分かりましたわ。そのようにさせてもらいますね」

「……ありがとうございます。他に質問はございますか？」

「いいえ、大丈夫。時間を取らせましたね」

「奥様直々のお申し付けですから。気にされることはございませんよ」

エルマーは品の良い笑顔を浮かべて、クラリッサとカーラを部屋まで送り届けた。

自室に戻ったクラリッサは、カーラ以外誰も見ていないのをいいことに、靴を脱いで足をソファの上に乗せた。

カーラが小さく笑い声を上げてそれを見逃しながら、クラリッサに問いかける。

「それで、クラリッサ様はこの後どうされるおつもりですか？」

クラリッサは視線を落として思考を巡らせ、ぱんと両手を打ち鳴らした。

「昼食後は図書室に行きましょう。知りたいことが、たくさんあるわ」

にこりと微笑むと、カーラも微笑みを浮かべて一礼した。

5章　悪女は強い

クラリッサが日中図書室に籠もるようになってしばらく経った。

クレオーメ帝国内に伝わっている歴史と礼儀作法、貴族名鑑。フェルステル公爵家の領地のここ数年間の報告書と、地域に伝わる土着信仰。

アベリア王国に届く情報は数年遅れかつ、不確かな情報も多い。そのため、こうしてクレオーメ帝国内の本、それもフェルステル公爵家が蒐集《しゅうしゅう》している本の情報は最新かつ正確で、クラリッサも驚かされるものが多かった。

朝起きて、嫁いだばかりよりは距離が縮まった侍女達に着替えを手伝ってもらい、ラウレンツの食事時間にできるだけ合わせて食堂に行く。ラウレンツは相変わらずクラリッサの方をほとんど見ない。クラリッサの装いが変わったことにも、気付いているのかいないのか。

自室に戻って一休みして、新聞と手紙を確認すると、図書室へ行く。

持ち出すときには言え、とエルマーに伝えられていたため、クラリッサはエルマーに報告せずに済むように、ほとんど図書室の中に籠もって読んでいた。

昼食を食べ、運動のために庭園を散策し、また図書室へ。

夕食を済ませ、手紙があれば確認し、寝支度をする。

ラウレンツに会うことはほとんどない。友人はいないから交友もなく、外出する用事もない。多少なり寂しく思うが、クラリッサは自分の立場からそれは当然のことだと認識していたし、仕方のないことだと思っていた。

むしろアベリア王国でのように悪女のふりをしなくて良くて、シルヴェーヌから要求される悪事もない。そんな日々は子供の頃以来で、とても穏やかで幸せだと思うほどだ。

そんなある日の朝、カーラがいつものように手紙を持ってきた。しかし、最近は純粋な笑顔が増えていたカーラの表情に少し陰がある。

クラリッサは覚悟を決めて、カーラに問いかける。

「――何か、あったのかしら？」

「申し訳ございません……」

カーラがおずおずと手紙の束を差し出してくる。クラリッサのもとに届く手紙は、皇都の貴族令嬢と貴族夫人からの結婚祝いと挨拶の手紙か、キャシーからのドレス制作の進捗報告だ。

しかしその一番上に重ねられた手紙の封蠟《ふうろう》には、見慣れた紋章があった。

平和な暮らしに慣れかけていたクラリッサも一瞬血の気が引く。しかし王女らしく、すぐに優雅に微笑みを浮かべてみせた。

ここには、他の侍女もいる。

「あら、カーラに何を謝ることがあるというの？　私の実家からの手紙じゃない」

クラリッサは平静を装って、手紙を開けた。

中には結婚を祝い、異国での生活を心配する文章が綴《つづ》られている。そこに書かれた『困ったことがあればなんでも母様に報告するのですよ』という文字に、クラリッサの胸が締め付けられた。

クラリッサは母親から、クレオーメ帝国についての情報を流すよう言われている。クラリッサ自身に母親の言うことを聞く気がないとしても、そういう命令をされていることに変わりはない。

心配する文章は所詮便箋を埋めるためのもの。最も伝えたいのは、早く報告を寄越しなさい、ということなのだ。

こんな状況でもまだ母親という存在に何かを期待してしまう自分に苦笑が漏れる。

「返事を書くわ」

「かしこまりました」

クラリッサは机に向かい、抽斗から取りだした最も簡素なデザインの便箋にペンを走らせた。

はっきりと拒絶してしまっては、アンジェロに危険があるかもしれない。クラリッサの変化に気付かれるわけにはいかない。

「ええと……『これまでと違うことが多く、なかなか馴染めないでいます』っと」

クラリッサの返事に、カーラは首を傾げる。

「それでよろしいのですか?」

「良いのよ」

クラリッサは結びの挨拶までしっかりと書いて、封蠟を押した。少しでも早く冷えるようにと扇で優しい風を送りながら、カーラに説明する。

「だって、『悪女』の私がそう簡単にクレオーメ帝国の社交界に馴染めるわけがないじゃない？」

「あ――」

クラリッサはアベリア王国では有名な悪女だ。一人でいる貴族令嬢のことは虐め、気に入った男性は振り回して捨てる。しかし、それができるのはクラリッサが独身だったからである。

今のクラリッサは既婚者だ。それも、皇帝の直系子孫の一人であるラウレンツの妻。そんな女性と火遊びをしようとする男性などそうそういないだろう。そして女性にはきつく当たるため、同性の友人もできない。

つまりクラリッサが悪女であるとシルヴェーヌが思い込んでいる限り、クラリッサがまともな情報を書けなくても納得せざるを得ないのだ。

「ふふ。これを届けてもらってくださいな。隠し事はないから、邸から出す手紙と一緒に出して構わないわ」

「分かりました。……クラリッサ様って、本当は結構悪女ですよね？」

「そんなことないわ」

クラリッサは悪女のふりをしているだけで、少しも悪事を考えたりはしていない。ただ、これまでの経験からシルヴェーヌのいなし方を学んでいるだけだ。

「――食事に行きます。今日はラウレンツ様はいらっしゃるかしら」

クラリッサは頬を僅かに染めながら、自室を出て食堂へと向かった。

食堂では、先に起きていたらしいラウレンツが新聞を読んでいた。

「おはようございます」

クラリッサはいつものように、微笑みを浮かべて挨拶をする。

いつもならば短く同じ言葉が返ってきて、以降会話はないのだが。クラリッサが椅子に座ると、ラウレンツが新聞を畳んで使用人に渡した。

今日はどこか、様子が違う。

「おはようございます、王女様」

変わらぬ嫌みな態度ではあるが、それでもいつもより少し声が柔らかい気がする。クラリッサはラウレンツの声に関しては誰より真剣に聞いている自信があるため、細かな変化も見逃さないのだ。

今日はラウレンツもこれから食事をするようである。

というよりも、これは、クラリッサと共に食事をしようとしているのではないか。今日までほとんど無視されていて、連絡は全てエルマーかカーラを通していたにも拘《かかわ》らず、どういう心境の変化だろう。

ラウレンツが二人分の食事の支度をするよう指示をする。

クラリッサは嬉しい気持ちと何かやらかしてしまったかという不安な気持ちに挟まれて、落ち着かないままラウレンツの表情を窺う。

そういえば、しばらくちゃんとラウレンツの顔を見ていなかった。綺麗な顔なのに声にばかりかまけていたのだと、自分の視野の狭さに気付かされる。

しかし改めて顔を見ると、綺麗ではあるのだが、眼鏡の奥の瞳はどこか冷たいし、クラリッサに向ける視線にも親しげな感情はない。何故急にこんなことをしようと思ったのだろう。

「あの、どうかされたのですか？　食事……」

「……共に食べてはいけないのですか」

「いいえ、いいえ！　嬉しいですわ!!」

下手なことを言って、ラウレンツが引っ込んでしまったら勿体ない。クラリッサは首をぶんぶんと左右に振って、グラスの水に口を付けた。

ちらちらとラウレンツに目を向ける。

黙っていても、ラウレンツはとても格好いい。視線に優しさは感じられないが、それでもこうして見ていると、幼いあの日の姿に重なる気がする。

はっきりと、全ての景色を覚えているわけではない。ただ、束《つか》の間《ま》の穏やかで胸が弾む時間だったことだけは、強く印象に残っている。

甘さのある顔と理知的な瞳の組み合わせは、まるで懐かない猫のようでもある。そう思うと、冷たい視線すら愛《いと》おしく感じてくるから不思議だ。

『一緒に頑張ってくれたらとっても嬉しい』

幼い日の甘い声。

年上らしくクラリッサを勇気づけようとしてくれた、あの穏やかな表情。

あのときの少年がこんなにも立派に成長したのだと考えるだけで心が満たされる。

「ああ……こんなに幸せで良いのかしら……」

クラリッサはつい独り言を漏らした。

できればもっと仲良くなりたいが、それでも今こうして目の前にラウレンツがいるだけで、先程まで空虚さを感じていたクラリッサの心が満たされていく。

ラウレンツが怪訝《けげん》な顔をして、クラリッサの方を見る。目が合って、慌てて逸らした。変な人だと思われるわけにはいかないのだ。

しかしクラリッサと違い、ラウレンツはクラリッサから視線を逸らさない。

どうしたのだろう、と思って少しずつ視線をラウレンツに戻した。

「――少しよろしいですか」

真面目な声にときめきが止まらない。

さっきまで幼い頃に思いを馳せていたこともあり、すぐに緩んでしまいそうになる頬を必死で引き締めた。

「はい。何でしょうか？」

「夜会に招待されました。皇城でのもので、断れません。参加してもらえますか」

夜会。夜会。

クラリッサはラウレンツの言葉を反芻《はんすう》する。

「もしかして、私がラウレンツ様のパートナーとして出席するということですか⁉」

「他にどういう意味があるというのですか？　結婚したばかりの人間が妻以外の女性を伴って皇城

の夜会に出席なんかしたら、それだけで結構な醜聞でしょう。貴女にもそれくらい分かりますよね」

「分かりますとも！」

「……そうですよね。ですが夜会は今週末ですから、今すぐドレスを用意しなければいけません。オーダーしていては間に合わないので、今からですと店に買いに行くしかありません。私が予定を空けられるのは……ええと」

側に控えていたエルマーが、ラウレンツの予定を書いた手帳を開く。ラウレンツはまるでクラリッサがドレスを持っていないとでもいうように、買いに行く算段をつけ始めていた。

しかしクラリッサは社交界デビューの少女でもない。ドレスを持っていないなど、ありえないと思うのだが。

「ドレスなら私、持っておりますが」

ラウレンツが隠すつもりもなく顔を歪めた。

「あんなデザインのドレスを着て私の隣を歩こうなんて、考えないでください。妻がそういった格好をしていると、白い目で見られるのは私なのですよ？　私には露出した妻を連れ歩くような個性的な性癖はありませんし、周囲からそう思われるのも御免です。ですから、貴女はオーダーでなければ嫌と言うかもしれませんが、必ず新しいドレスを――」

ラウレンツはクラリッサのドレスに興味があるようだ。

クラリッサはここにきて初めてラウレンツがクラリッサに関して興味を持ったことに感動した。今日まで、持っているドレスについて気にしたことなどなかったのだ。これは大きな進歩だ。

ドレスを新調しようなど、クラリッサを見ていなければ出てこない言葉だ。見ていないふりをして、しっかり悪女ドレスを着ていたクラリッサを見ていたのだろう。

「ラウレンツ様、私のドレスが見たいのですかっ！　それではこの後すぐ私の部屋に――」

「いやいい。行きません！　大丈夫です‼」

「でも、きっとご満足いただけますわ！　自分は変態ではないとはっきり仰るラウレンツでしたらきっと――」

「ちょっ、そういう言い方は止めましょう⁉　……はあ。そんなに言うのでしたら、サロンで見ますから侍女に持ってこさせてください」

ラウレンツが深い溜息を吐き出しながら言う。

クラリッサはまだラウレンツが自分と会話をするつもりがあるのだと知って嬉しくなった。

満面の笑みで振り返り、壁際で控えているカーラに指示を出す。

「分かりましたわ！　カーラ、お願いね」

「かしこまりました」

カーラが一礼して食堂を出て行く。

クラリッサが視線をラウレンツに戻すと、ラウレンツはどこか疲れたような顔で、運ばれてきた食事を見下ろしていた。

「――今日の食事も美味しそうですわ。国によって調理方法が違うのも、大変興味深いですわね」

クラリッサは目の前の人参《にんじん》のムースをスプーンで掬った。

人参を丁寧にすり潰してムースに仕上げるなんて、アベリア王国ではまずやらない調理法だ。アベリア王国の食事はどちらかというと素材そのものを活かしたものが多い。

例えば人参の嫌いな子供でも、このムースならば食べることができるかもしれない。

子供の頃に人参が好きではなく、残そうとして叱られたことを思い出しながら、クラリッサは人参らしさが薄まったムースを口に運ぶ。

今はもう人参が嫌いではない。勿論料理人もクラリッサがかつて人参を嫌いだったことを知らないだろう。

それでも、そんな幼少期の自分ごと優しくされたような気がして、クラリッサの心がふんわりと温かくなった。

食事を終えたクラリッサは、早速ラウレンツと共にサロンに移動した。

カーラがクラリッサの部屋からドレスを持ってきてくれていて、サロンで一番大きなソファの上に広げて置いてある。

「ラウレンツ様、こちらですわ」

クラリッサもキャシーが持ってきたときには、あまりの美しさに着るのが楽しみになったドレスだ。ラウレンツが気に入ってくれたら良いと思った。

ラウレンツがクラリッサの後を付いてきて、ソファの上のドレスを見る。

そして、息を呑んだ。

「これは……！」

キャシーが仕立ててきたのは、青いドレスだった。極端な露出は無く、胸の部分は灰色の繊細なレースで覆われている。背中も首の下部分の最低限の露出を除き、肌が見えがちなところは同じレースで覆われていた。

絹の美しさを活かして緩やかに広がっていくスカート部分には幾重にも布が重なっており、その隙間から胸元と同じ灰色のレースが覗いている。腰のリボンはドレスの生地にレースを巻いたもの。手袋も灰色のレースで、端に控えめな青いフリルが付いている。

髪飾りは赤い薔薇をモチーフに、青い布とグレーのレースがあしらわれている。

全体的に青と灰色でまとめたそのドレスは、クラリッサの髪色とラウレンツの目の色に合っていて、とても美しかった。

一緒に用意したルビーのイヤリングとブローチは、クラリッサの目の色に合わせたもので、落ち着いた印象のドレスに華やかさを添えている。

まだ十代のクラリッサが着ても落ち着きすぎないが、公爵夫人らしい上質さもあった。

キャシーのデザインにも仕立屋の腕にも感嘆する出来である。

「素敵でしょう？　私、このドレスを着て出席したいと思っておりますの」

ラウレンツがドレスを手に取って、全体をまじまじと観察している。それから案内してきたクラリッサに目を向け、また驚いたように固まった。

「貴女は……そんな顔をしていましたっけ」

「化粧を変えましたの。似合っておりますか？」

「今の方がずっと素敵だと思います。服もよく似合っていますよ」

さらりと当然のように飛び出した賛辞に、クラリッサは息を呑んだ。

「あ……っ、りがとうございます……！」

こんなに率直な褒め言葉をもらうなんて思わなかった。

頬が赤くなって、言葉に詰まって口ごもってしまう。大人なのにまるで子供のように不器用な態度を取ってしまったことが恥ずかしかった。

それに釣られたのか、ラウレンツの頬も僅かに赤くなる。

「い、以前の格好はとても品があるとは思えませんでしたからね。化粧も元が良いのに無駄に濃く塗りたくって……ではなく、まるで道化のようでしたし。見た目だけでもまともになってくれて本当に良かったです」

早口でまくし立てるように言われて、クラリッサは驚き目を見張った。

美しい音楽のような声が乱れて、曲調が乱れてしまったよう。

「当日はそのドレスを着てください。詳細はエルマーに伝えさせます。それでは、仕事があるので失礼します」

ラウレンツがクラリッサに背を向けて、早足でサロンを出て行く。

クラリッサはしばらく真っ赤な顔でその背中を見つめていたが、ラウレンツが見えなくなってからとんでもないことに気がついた。

「も、もしかして――悪女ドレスしかなかったら、ラウレンツ様とデートができていたのかしら!?」

両手で口元を押さえ、がくりと膝をつく。

「そんな……！　折角のチャンスをふいにするなんて、私何してるの!?」

サロンの中にいるのは、クラリッサとカーラのみ。

返事の代わりに、カーラがクラリッサに聞かせようとするように深く深く溜息を吐いた。


そして、夜会の日。

午前のうちから侍女達の手によって丁寧に飾られたクラリッサは、鏡の前に立って頬を染めた。

鏡の中には、まるでどこかの国の姫のように上品で美しく着飾った自分が映っている。アベリア王国での自分とは別人のような、華やかだが派手ではない姿に、ついつい溜息が零れる。

「皆、ありがとう……！　こんなに素敵に着飾ったの、私、初めてよ」

クラリッサが涙ぐむと、カーラも感激の表情で、しかし慌ててハンカチを差し出してくる。

「クラリッサ様、泣いたら折角綺麗に着飾ったのに台無しですよ。お願いですから我慢してくださ い」

「そうよね、ごめんなさい」

クラリッサはすぐにハンカチを受け取って、そっと目尻を拭った。

まっすぐな銀の髪は派手になりすぎないように毛先を緩く巻いて、サイドを編み込んだハーフアップにまとめた。髪飾りは、事前に用意したものだけを使い、余計な装飾はつけなかった。

アイラインは控えめに、唇には柔らかな桃色の口紅を塗り、全体的に控えめにした。

クラリッサは元々顔立ちが華やかで整っているのだ。そこに太いアイラインを引き、赤の強い口紅を塗っていれば、それだけできつい印象になるのは当然だろう。

化粧を変えただけで、きつい美人の悪女から、現実離れした美しさを感じさせる社交界の華のように印象ががらっと変わった。

「私も、このようなお仕事ができて心から嬉しいです……！」

「こんなに美しい方、初めて見ました！」

「旦那様はお幸せですね……」

カーラ以外の侍女達も、口々にクラリッサを褒める。

クラリッサは侍女達との距離が縮んでいることに嬉しくなって、また涙が零れてしまいそうになるのをぐっと堪えなければならなかった。

公爵家に嫁いだばかりの頃とは全く違うほのぼのとした雰囲気に包まれていると、不意に部屋の扉が叩かれた。

「支度は終わりましたか」

ラウレンツの声がする。

時計を見ると、もう邸を出る予定時間の五分前だった。穏やかな空気が嬉しくて、ついゆっくりしすぎてしまったらしい。

クラリッサは慌ててショールを羽織った。

「——終わってます！　今行きますわ」

扉を開けて、待っていたラウレンツに控えめに微笑みかける。

「お待たせしてしまいましたわ。ごめんなさい」

「支度に時間をかけすぎ……いや。なんでもありません」

ラウレンツは文句を言いかけたが、すぐに言葉を引っ込める。

どうしたのだろうと首を傾げると、ラウレンツが左手で眼鏡を直して視線を斜め下に逃がした。頬が少し赤くなっているのは、気のせいではないと良い。

「いいえ。女性の支度には時間がかかるのですよね。それだけ綺麗に飾っているのですから、当然のことでした」

「ありがとうございます……？」

「もっと素直に喜んでいただいて構いませんよ。大体、そんな顔があるのに何故けばけばしくする必要があったのか……服装の好みだけでも変わってくださって助かりました」

ラウレンツが服装の好みだけでもと言ったのは、クラリッサの中身が悪女だと思っているからだろう。

貴族令嬢を虐め、性に奔放で、贅沢三昧の悪女。

今思えば、本当にとんでもない悪女にされてしまった。しかしこればかりは、これまでのクラリッサ自身の言動が原因のことなので、仕方がないと思うしかない。

まずは今日の夜会で、少しでも挽回《ばんかい》できるように頑張ろう。

クラリッサはそう決めて、覚悟と共にぎゅっと拳を握り締めた。

「それでは、参りましょう」

クラリッサはこれから戦場にでも行くかのような気持ちで一歩踏み出す。

しかし、その手がくっと軽く後ろに引かれた。

大きな手だ。クラリッサの手よりも硬くて、少し乾いている。それが何かを理解した瞬間、クラリッサは直前までの張り詰めた気持ちが一気に霧散してしまった。

どきどきと心臓の音が煩《うるさ》い。

振り返って、ラウレンツの顔を見上げた。

「……夜会に行く前に一つだけ。今から私は貴女のことをクラリッサと名前で呼びます。貴女も、私のことはラウレンツと呼び捨てて構いません。良いですね？」

繋がれた手。名前で呼び合うという親密な要求。

これでは、まるで本物の夫婦のようだ。

「な、何故です？」

クラリッサはうわずる声で問いかける。

「何故って、夫婦ですから」

ラウレンツが僅かに気まずげに、しかし当然のことのように言った。

ラウレンツの中の夫婦像とは、そういうものなのだろう。

確かに、敬称をつけたままの夫婦はいるが、これまでのラウレンツのように『王女様』と呼ぶような夫婦は滅多にいない――というより、いたら不仲を疑うだろう。

しかしどんな理由であれ、クラリッサとしてはラウレンツとの距離が縮まる提案はなんでも大歓迎だ。むしろ、こちらからも提案したい。

「それでしたら、敬語もなくしてしまいませんか？　私達、王族と皇族の結婚ですもの」

「……それもそうですね。いや、そうだね、か」

「ええ、そうよ」

クラリッサはラウレンツが自分の提案をすんなりと受け入れてくれたことに喜んだ。これなら、表向きには仲の良い夫婦に見えるはずだ。

クラリッサは思いきって、ラウレンツの腕に手を掛けてみる。エスコートの基本姿勢だが、ここまでの接近は初めてだ。がっしりとした腕に、頬が染まる。

「夫婦なら、こうしてエスコートしてくれるわよね？」

「……そうだね。それが普通だろう」

少しぎこちないラウレンツは、クラリッサの手をそのままに少しゆっくりと歩き出した。

「あと、もう一つだけ。くれぐれも……くれぐれも、夜会で面倒は起こさないでね」

「善処する、としか言えないわ」

クラリッサの返事に、ラウレンツが溜息を吐く。

玄関まで手を繋いだまま、使用人達に見送られる。公爵家の馬車に乗るときも、これまでにはされたことのないエスコートをしっかりされた。

馬車に乗って、向かい合う席に腰掛ける。

手は、当然のように離された。

前回二人で馬車に乗ったときのように、無言になってしまうのは避けたいクラリッサは、必死で共通の話題を探す。

「――皇城に行くのは久し振り。ラウレンツ……は、いつも行っているの？」

まだラウレンツ様と呼んでしまいそうになる。敬語でない話し方にも慣れないが、慣れていくしかない。新婚なのだから、まだまだこれからだ。

「私は国王の補佐もしているから。その関係上、ほとんど毎日皇城に行っているんだけど」

「ごめんなさい。知らなかったわ」

クラリッサは話題を間違えたことを悟った。夫の仕事にすら興味のない、冷酷な妻だと思われたらどうしよう。

「あ、ええと！　これまで聞く機会もなかったから……」

違う。これでは、会話をしなかったラウレンツを責めるように聞こえてしまう。

「ではなくて、私は」

どう言おう。どう言えば。

これまで何度もクラリッサは貴族らしい言葉遣いを意識して使ってきた。自然と浮かぶ言葉は、そんなものばかりだ。

しかしそれではきっと、伝わらないのだろう。

「ラウレンツ。貴方《あなた》のことを、もっと知りたいと思っているのよ……っ」

上気した頬。潤んだ瞳。包み隠さず口にした言葉は、華やかな形容も婉曲的《えんきょくてき》な表現もないのに、伝わるような気がした。それなのに、本当に伝わってしまったらと思うと胸が苦しい。

そんな相反する感情に揺れ動く乙女心など全く理解しないというように、ラウレンツはふんと小さく鼻で笑った。

「さすが、アベリア王国一の『悪女』だね。私まで騙されそうになったよ」

「――……ふふ、そうでしょう」

クラリッサは咄嗟に笑顔の仮面を被った。

寂しい顔を見せてはいけない。染み込んだ習性が、素直な行動の邪魔をする。可愛げがないのは分かっていても、簡単には変えられない。

いつの間にか皇城に到着していた馬車が停まる。

先に馬車から降りたラウレンツが、クラリッサをエスコートするために手を差し出した。


皇城の大広間に入った瞬間、クラリッサの耳は周囲の音を正確に拾った。

「あれがラウレンツ様の奥様？」

「アベリア王国の……」

「悪女だって噂だけれど、大丈夫なのかしら」

「すごく美人じゃん。俺あの子になら遊ばれても良いかな」

「いや、フェルステル公爵の嫁だぜ。止めとけ。睨《にら》まれたらやばいっしょ」

「ラウレンツ様と結婚するのは私だと思ってたのに」

噂話をされることも、周囲から冷めた目を向けられることも、クラリッサは慣れている。今更こんなことを気にするほど柔ではない。

クラリッサはラウレンツの腕に添えた手に力を入れないよう、こっそりと深呼吸をした。微笑みを浮かべて、周囲の声は何も聞こえていないふりをする。

「ねえラウレンツ。流石、皇城の大広間はとても華やかね」

聖書由来の神々が描かれた天井と、深紅の壁紙。窓ガラスは何もないように見えるほど透明だ。外の庭園がライトアップされていて、大広間の中やテラスからでも楽しむことができた。

そして何より、きらきらと光を反射する二つのシャンデリア。中心で光っているのは蠟燭《ろうそく》ではないようで、揺らめきは最小限で、会場はまるで昼間のように活気付いている。

こんなところでもアベリア王国との技術力の違いを感じた。

「そうだね。この大広間は、夜会や大規模な外交の場でも使われているんだ」

「流石だわ」

近付いてきた給仕からラウレンツがグラスを二つ受け取り一つをクラリッサに渡した。

「ありがとう」

「もうすぐ始まるようだ。国王陛下がそろそろ出てくるから……」

「あら、ぎりぎりだったのね」

伝えておいてくれれば、もっと余裕を持って支度をしたのに。そう思って言ったが、ラウレンツは僅かに眉間に皺を寄せる。

「……うちは直前でも問題はないけど、それでも次からはもう少し早い方が良いだろう。見られるのは、あまり好きではないんだ」

「綺麗な顔なのに、勿体ないわね」

確かに大広間に入ったとき、クラリッサは周囲の視線が気になると思っていた。ラウレンツも気付いていたのか。

「――……どっちが」

クラリッサは慣れたものだが、ラウレンツも普段から慣れていると思っていた。

「何か言ったかしら？」

「いや――」

ラウレンツが何かを言いかけたとき、コールマンが高らかに声を上げた。

「皇帝陛下、並びに皇妃殿下ご入場――！」

噂話に夢中になっていた者達も、恋の始まりの駆け引きを楽しんでいた者達も、家族や友人同士で会話に花を咲かせていた者達も、仲の良さそうな夫婦や恋人達も、皆が一斉に口を閉じる。

奥の扉から入ってきた皇帝夫妻は、会場内をぐるりと見渡してゆっくりと歩いている。がっしりとした身体つきに、年齢と共に経験を積み重ねてきた人間の重みある背中。

アベリア王国の国王はクラリッサの父親だが、それより二回りほど年上のクレオーメ帝国皇帝は、厳格でいて荘厳といった雰囲気で、クラリッサを圧倒した。到着したときに一度会っているが、そのときにはラウレンツの成長ぶりに気を取られ、まともに見ていなかった。今思えば、よくこれだけの存在感がある人間に緊張せずにいられたものだ。

じっと見つめすぎたのか、それとも孫であるラウレンツを見つけたからか。皇帝がクラリッサに気付いたようで、ぱちり、と一瞬目が合った。

思わずびくりと小さく震えたクラリッサは、今度こそラウレンツの袖を持つ手に力を入れてしまう。服が引っ張られたラウレンツが違和感から自身の腕に目を落とした。

次いでラウレンツの両親である皇太子夫妻と、皇子達が入場してくる。

皆が並んだところで、皇帝が乾杯のグラスを掲げた。

「皆、今宵《こよい》は満月だ。満ちた月の美しさに酔い、語らい、大いに楽しむとしよう」

その言葉で、皆がグラスを掲げる。

クラリッサはここでやっと、この夜会が月見の宴《うたげ》であることを知った。だから夜にも拘らず窓のカーテンが全て開けられていたのだ。

クラリッサは皇帝に圧倒された震えを、夜会の趣旨を教えてくれなかったラウレンツへの小さな怒りに変換して、背筋を伸ばしてグラスを傾けた。

爽やかな味の果実酒が、するりと喉を通り抜けていく。

「クラリッサ、貴女は酒を飲んで平気か？」

ラウレンツが問いかけたのは、クラリッサと飲むのが初めてだからだろう。パートナーの女性が酔って醜態を晒《さら》せば、それはラウレンツのせいでもある。

「私は強いから大丈夫よ」

「……それもそうか」

それは、悪女が酒に弱いはずがないか、ということだろうか。

見た目を変えたことで以前よりもまだ普通に会話ができるのは嬉しいが、やはり誤解されたままでいるのは寂しい。だからといって直接クラリッサが悪女だというのは嘘だと言ったところで、きっと意味はない。それどころか、何を企んでいるのかと疑われる可能性すらある。

結局変わらないのだと自分を納得させながら、クラリッサは皇帝夫妻が踊るファーストダンスを眺めた。長く連れ添ってきたが故に乱れが全くないダンスを、無意識に目が追ってしまう。

すっかり夢中になっていて、曲が終わった瞬間、クラリッサは一気に意識を取り戻す。社交の場で何かに集中して周囲からの視線の存在を忘れるなんて、これまでほとんどなかったのに。

そんなことをしていたら、完璧な悪女でなんていられなかったから。

クレオーメ帝国に嫁いできて約ひと月。どうやらクラリッサは、フェルステル公爵邸の使用人達との穏やかな生活に慣れすぎてしまったようだ。

そんなことを考えていたクラリッサを知ってか知らでか、ラウレンツが突然クラリッサから手を離した。

「――踊って、いただけますか？」

隣にいたはずのラウレンツが、クラリッサに左手を差し出していた。

優雅に腰を折るその姿は、皇族らしく堂々としている。眼鏡のレンズ越しの青い瞳がクラリッサの目をまっすぐに射貫《いぬ》いた。そこに僅かに悪戯《いたずら》な色が浮かんでいるのは、クラリッサの気のせいだろうか。

「あ……そ、そうね」

クラリッサは誰にも気付かれないように、ちらりと周囲を確認する。

皇帝夫妻が踊った後は、皇族が踊ることになっているらしい。

ラウレンツは臣籍降下しているが、他にも現皇帝の直系である家の当主達も出ているから、ラウレンツも該当するようだ。

そして今日、クラリッサとラウレンツは結婚後初の社交の場で、誰もが興味を抱いている。

先にダンスフロアに出ている皇族達が、皆ラウレンツとクラリッサを見ていた。

クラリッサは困惑と緊張を隠して、慣れた微笑みを身に付ける。

そして、皇族達にも決して見劣りしない、今夜の月より美しいのは自分だけだと思い込むように、心の芯をぎゅっと太くして、ラウレンツの手に右手を重ねた。

「ええ、喜んで。一緒に楽しみましょう」

大きな声ではない。しかし浴びた注目の分だけ周囲を威圧するように、よく通る声で。この会場にいる者全員に、クラリッサの声が聞こえるだろう。

艶のある声でクラリッサが返事をすると、ラウレンツは僅かに目を見開いて、口元の笑みを深くした。

「面白いな」

ラウレンツがクラリッサの手を引いた。その確かさに鼓動が早まった。

新婚だからか、他の皇族達が中心に行けというように場所を空けてくる。ラウレンツもそれに応えて、当然のようにクラリッサを今夜の中心に連れて行く。

向かい合い、クラリッサの腰をラウレンツの手が支える。クラリッサは自然な仕草で、自身の腕をラウレンツに沿わせた。

音楽が流れ始め、最初の一歩を同時に踏み出した。

くるり、と回ると、クラリッサのドレスの裾もふわりと舞う。

ラウレンツのリードはどこか過保護で、クラリッサには少し窮屈でもある。

何かやらかさないかと心配しているのだろう。側に置いて、問題を起こさないようにしたい。そんな感情がそのまま乗っているかのようで、少し硬い。

「――大丈夫か？」

心配しているかのような言葉に、クラリッサは少し苛《いら》ついた。

アベリア王国一の毒花。

美しく咲く悪の華。

その姿は作り物だったが、確かに、クラリッサが積み上げてきたものだ。

ラウレンツに心配されるほど、過保護な檻《おり》に入っていられるほど、大人しいものではない。

「……私を、誰だと思っているのかしら」

クラリッサは次の見せ場で思いきりラウレンツの腕の中から飛び出した。

二人、ペアで踊っている形を崩さないようにしながらも、思いきり身体を動かしてラウレンツを
クラリッサのペースに引き摺《ず》り込む。

ラウレンツは元々ダンスが得意なのか、最初こそ驚いたふうだったものの、すぐにクラリッサに付いてきた。

手を取り、離れ、また戻り、離れて、すぐに引き寄せられる。

自由に舞う蝶《ちょう》のように。

蝶を誘う芳《かぐわ》しい花のように。

クラリッサとラウレンツのダンスは、会場中の視線を集めていた。

「貴女は……まったく」

ラウレンツがクラリッサにしか聞こえないよう耳元で囁《ささや》く。

ほんの僅かに息が上がった、普段よりも吐息の多い響きにぞくりとする。

踊っているせいではない頬の上気に動揺しながらも、クラリッサは感情のまま、ラウレンツに笑顔を返した。

「楽しいわ。とっても、楽しいわね」

どれだけ無茶をしても、ラウレンツは適切にクラリッサの手を引いて、離れすぎないようにしてくれる。その安心感も満足感も、クラリッサが初めて味わうものだった。

こんなに楽しく踊るのは初めてだった。

無理に悪女を演じなくて良い。ただ、クラリッサがありたいように立ち、ありたいように踊れば良い。なんて心が自由なのだろう。

いつの間にか忘れていた子供の頃のような無邪気な笑顔が零れ出た。

音楽が終わりに近付いてくる。

思いきり踊った身体の疲労感よりも、もっと踊っていたいという高揚感の方が大きい。

いつの間にかラウレンツも楽しげだった。

もっと。もっと。

この楽しい時間が、終わらなければ良い。

少しずつ速度を落としていく演奏に、クラリッサの足取りも重くなる。

最後にくるりと回ってラウレンツに引き寄せられると、抱き締めるようにそっと身体に腕が回された。

「はぁっ……はぁ」

乱れた呼吸が周囲に気付かれないように、クラリッサは肩を動かさずに薄く開けた唇の隙間から息を逃す。少し汗ばんでいるのは、調子に乗りすぎたせいかもしれない。

クラリッサよりもずっと落ち着いた呼吸をしているラウレンツは、そんなクラリッサの手を引いてダンスフロアを横断した。

「えっ、何？　どうし——」

「少しテラスで休もう」

ちらりと振り返ると、ダンスフロアでは踊っていた皇族達が戻っていき、周囲では男女が誘い誘われを繰り広げていた。どうやら、もう出番は終わりらしい。

クラリッサは素直にラウレンツの言うとおり、一番近いテラスに向かう。扉を開けて外に出ると、今日が月見の宴だからだろう、テラスには休憩用のソファとサイドテーブルがあった。

並んで座ると、給仕が二人分のグラスを持ってくる。

腰を下ろしてグラスを傾けると、火照った身体に冷たい液体が染み込んでいくのを感じた。

「あまり勢いよく飲むと酔うと思うけど」

「強いから大丈夫なのよ」

クラリッサは言い返して、また一口飲んだ。

ソファには少し厚手のストールも置いてあり、クラリッサは遠慮せずにそれを肩に掛けた。

「この後、落ち着いたら皇帝陛下に挨拶をして、それからしばらく挨拶回りをすることになる。大丈夫か？」

「ええ、平気よ」

ラウレンツは冷たい人なのだと思っていたが、こうして一緒に過ごしてみると、心配しすぎなくらいクラリッサを気遣ってくれている。そういうところは、幼い頃から何も変わっていないのかもしれない。

「これでもアベリア王国の王女だもの。社交の場には慣れているのよ」

クラリッサは、ふふん、と安心させるように胸を張る。

それを見たラウレンツは、左手で眼鏡の位置を直して眉間に皺を寄せた。

「……隣で黙って笑っていてくれれば良いから。本当に、余計なことは言わなくて良いから。頼むから、問題は起こさないでね」

ラウレンツが念を押すように言う。

クレオーメ帝国ではもう悪女のふりをする必要がないクラリッサは、絶対大丈夫だというように微笑んだ。クラリッサが問題を起こさなければ、揉《も》め事など起こらないだろう、という自信があった。

「――皇帝陛下にご挨拶いたします」

皇族席に挨拶に行ったラウレンツは、正式な皇帝への礼をして、決まり通りに口上を述べた。

皇帝はそんなラウレンツに、最初の挨拶の威厳が嘘のように快活な笑みを向ける。

「おお、来たか。ラウレンツと嫁」

「来ましたよ、お祖父様《じいさま》」

「いや、さっきのダンスはなかなか見応えがあった。面白かったぞ」

「……面白がらないでください」

ラウレンツもそんな皇帝に対して、孫らしいどこか子供っぽい素直な言葉で応対していた。クラリッサは姿勢を崩さないようにしながら、ラウレンツの隣で優雅な立ち姿を維持し続ける。

「嫁はダンスが得意なのか？」

「ええ。そうですね」

クラリッサに向けられたらしい質問に、ラウレンツが答えた。

黙って笑っていれば良いというのはこういうことらしい。余程クラリッサの悪女の噂を警戒しているのだろう。クラリッサはラウレンツの意図を理解して、小さく頭を下げるのみに留《とど》めた。

しばらく会話をしていたが、やがて皇帝は面白いものを見るようにラウレンツとクラリッサを見て、傍目《はため》にも分かるように思いきり口角を上げた。

「折角出席したのだから、楽しんで行きなさい」

「ありがとうございます。では失礼いたします」

ラウレンツに合わせて、クラリッサもまた礼をする。

クラリッサは引かれる腕に任せて早足でその場を離れた。背後から次の者が挨拶をする声が聞こえてくる。

「……よくやった。それで良い」

「良いのかしら？」

「良い。とにかく今日の目標は、問題を起こさず帰ることだからね。クラリッサにとって初めての夜会だが、私にとってもフェルステル公爵としての最初の社交だ」

「そう、そうだったわ」

言われてみれば、クラリッサとの結婚を機にフェルステル公爵となったラウレンツは、これまで皇族側で出席していたのだ。

領地は皇族の頃に管理していたものをそのまま貰っているが、今後はその立場に見合った振る舞いを求められるだろう。そのために皇帝とは変わらず仲が良いことを示すのは重要だ。

同時に、そんな大切な場だからこそ、他国から嫁いできた妻が無害だということも周知したいのだろう。

「このまま他の皇族に挨拶回りをして、それから挨拶を受けるから、疲れたら言ってほしい。分かった？」

「分かったわ」

クラリッサはしっかりと頷いて、次に挨拶に行く皇太子夫妻に視線を向けた。

「皇太子殿下にご挨拶いたします」

「ああ、ラウレンツ。それとクラリッサさん。素敵なダンスだったよ」

皇太子夫妻は真面目そうな人物だった。そして、少なくとも表面的には、嫁であるクラリッサにも友好的なようである。

思い返せば、ラウレンツとクラリッサの顔合わせのときに、皇帝の後ろに並んでいた気がする。

ラウレンツの両親なのだが、流石国同士の政略結婚というべきか、クラリッサは今日まで一度も挨拶をしないままここまできてしまった。失礼なことをしたかと内心で慌てて、クラリッサは無言で頭を下げた。

しかしラウレンツはなんでもないことだというように、クラリッサの手を軽く引いて顔を上げるように促す。

「ありがとうございます、父上」

「今日は挨拶回りで大変だろう。クラリッサさんも無理をしないようにね」

「はい。気をつけます」

返事をしたのはまたもラウレンツだ。

皇太子は何かを言おうと口を開き掛けたが、直前で止めたようだ。代わりに、隣に立っていた皇太子妃であるラウレンツの母親が、クラリッサに視線を合わせてゆっくりと話し始める。

「——ラウレンツもクラリッサさんも、急な結婚で大変だったでしょう。クラリッサさんは、今度お茶会に招待するから。そのとき、ゆっくり話しましょうね」

今度は流石に、ラウレンツが返事をすることはできないようだった。

クラリッサは微笑んで軽く腰を折る。

「ありがたいお言葉でございます。どうぞよろしくお願いいたします」

余計なことは言わないと、ラウレンツに約束をした。クラリッサはしっかりそれを守るつもりだ。だから、正しい言葉だけになるよう、基本の挨拶の言葉を使う。

「それじゃ、またそのときにね」

ふわりと微笑まれて、クラリッサはラウレンツと共にしっかりと頭を下げた。

次の者に挨拶をするために移動しながら、クラリッサは内心で大興奮していた。

さっきから皇族――つまりラウレンツの親族と会話をしているため、ラウレンツの態度が普段とは全く違うのだ。くだけている、というだけでもない。ただ孫らしく、息子らしく、ほんの少し声に反発心のようなものが混じっていた。

その結果、色気すら感じる理想の皇子様そのもののような外見と裏腹に少年みを残した声音が、どうしようもなく魅力的なギャップとなっているのだ。

こんなラウレンツが見られるのならば挨拶だらけなのも悪くはないと、クラリッサは心からそう思っていた。

それから大分時間をかけて、クラリッサとラウレンツは皇族達への挨拶を終え、ようやく会場の端で一休みすることができた。これ以降は、挨拶をされる側になる。

葡萄酒《ぶどうしゅ》が入ったグラスを傾けているだけでも視線を感じるのは、二人に興味を抱いている貴族がそれだけ多いことを示している。皇族は皆この政略結婚を正しく理解しているため、クラリッサが黙っていても何も言わなかった。

しかし貴族の、それも女性が相手となると違う。令嬢の中にはラウレンツに憧れていた者も多いだろうし、高位の貴族夫人にとっては仲良くすべきかどうかの判断も必要だ。中には家族から入国したばかりのクラリッサの装いについて聞いている者もいる。

クラリッサは凛《りん》とした立ち姿を崩さないまま、グラスの中身を飲み干した。

ラウレンツがちらりとクラリッサに目を向ける。もう飲むなという目ではないが、本当に飲んでも酔わない姿に感心されているようではある。

クラリッサは口角を上げてそれに応えた。

そのとき、一人の女性がクラリッサの前に立った。

「ごきげんよう、良い夜ですわね」

皇太子妃と同年代のその女性は、紺色のドレスを着ていた。裾があまり広がっていないドレスは上品で、控えめなレースが年齢相応の落ち着きと洗練された美しさを演出している。

「ごきげんよう、エルトル夫人」

ラウレンツがクラリッサよりも早く挨拶を返す。

エルトル侯爵家といえば、クレオーメ帝国建国から続く名家の一つだ。長く国防を担ってきた国にとって重要な家である。

引退した先代侯爵と今代の皇帝は学友で、今代の侯爵夫人は皇太子妃の幼馴染みでもあるらしい。

クラリッサはラウレンツの挨拶に合わせて一礼しながら、頭の中から情報を引っ張り出した。

「あら、私は奥様に話しかけましたのよ」

エルトル夫人は微笑みを崩さないまま、前に出て会話をしようとしたラウレンツを牽制《けんせい》する。クラリッサはその対応にどきりとした。

ラウレンツも無理のある会話だと自覚していたようで、少し言葉を詰まらせた。

「……ですが、妻はまだこの国に慣れておりませんので」

「構いませんわ。殿方は殿方でお話しになっていらっしゃって」

ラウレンツの言い逃れは苦しい。そして、エルトル夫人から手で示された先にはエルトル侯爵がいた。これでは逃げられないだろう。

ラウレンツも諦めたようで、左腕に置いていたクラリッサの右手をそっと離した。

「何かあったら私を呼んで。すぐに来るから」

この場合の何かとは、クラリッサが暴れたくなったら、ということだろうか。

「ありがとう、ラウレンツ。大丈夫よ」

確かにアベリア王国ではクラリッサが令嬢達を虐めたり、貴族夫人と対立をして夜会をめちゃくちゃにしたこともあったが、悪女を装う必要がなくなった以上、もうそんなことをする必要はない。

誰かに簡単に話せることではないが、そもそもそうした行動を取っていたのには、悪女のふりをしながらもアベリア王国の国民を守るためという重要な理由があった。

ラウレンツの心配は全くの杞憂《きゆう》なのだ。

ラウレンツは後ろ髪を引かれながら、手を上げて呼ぶエルトル侯爵のもとへと歩いて行く。

残されたクラリッサは、エルトル夫人に向き合ってにこりと微笑んだ。

「先程は失礼いたしました。何せこちらの国では初めての社交の場ですから、夫が過保護になっているようでして」

ラウレンツの過保護な態度を、クラリッサがまだ国に慣れていないからだと言い訳する。

エルトル夫人もそれが言い訳だとは分かっているだろうが、こういった場合には受け流すのがマナーでもあった。

ならば、無粋なことはしない人だろう。

「いいえ。私こそ、若いお二人を無理に引き離してしまったようで心苦しいですわ」

「あら、そんな」

クラリッサは扇で口元を隠しころころと笑ってみせた。

エルトル夫人が目を細める。

「ですが、フェルステル夫人とお話したかったのは本当ですのよ。ようこそ、クレオーメ帝国へ。こちらでの生活にはもう慣れましたか？」

「そうですわね……まだ街には出ておりませんが、邸には慣れてきました。公爵家の使用人は皆親切で、学ばせてもらうことも多いですわ」

今度は心からの言葉だ。

侍女達とは仲良くなることができ、図書室通いも楽しい。何より自由でいられる今がとても幸福なことだとクラリッサは知っている。

「まあ、謙虚なお言葉ですわね。アベリア王国の王女様ですのに」

試されている、と思った。

クレオーメ帝国のことを、そしてエルトル夫人のことをどれだけ知っているのか。

クラリッサは嫁いできてから、図書室でたくさんの本を読んできた。

その中には貴族名鑑もある。フェルステル公爵家の所有する貴族名鑑はとても良いもので、当主は似顔絵を、家族については社交界で一般に知られているとされる情報の全てが記載されていた。異なるインクで書き足されていた箇所があったのは、覚え書きのためにラウレンツかエルマーが書き足したのだろう。

そのお陰で、クラリッサは隣にラウレンツがいなくても不安になることはなかった。

「嫁いできた以上、私はクレオーメ帝国の社交界では新参者でございますわ。こうして話しかけてくださって、とても嬉しく思っております。……ご縁をいただけましたので、できればサロンを長く続けていらっしゃる夫人から、これから色々とご教示いただけますと嬉しいのですが……」

エルトル夫人のサロン。

それはクレオーメ帝国の貴族女性が主催している中でも最も所属者数が多く、内容も多岐に渡っていると本に書かれていた。皆で刺繍をしたりケーキを食べたりするサロンではなく、女性達が得意なことを教え合うものであるらしい。

アベリア王国にはないものだったので、クラリッサも興味を引かれていた。

それに、そういう場ならば貴族女性の友人も作りやすいかもしれない。

「まあ、もうそんなことを知っていらっしゃるの?」

「当然ですわ。夫人のサロンは有名ですもの」

ふふ、と上品に笑うクラリッサに、エルトル夫人が僅かに眉を下げる。扇で口元を隠す様子から、迷っているのだろう、と思わされた。

エルトル夫人ならばクラリッサの噂も当然耳に入っているだろう。自分のサロンに悪女を入れたとなれば、問題が起こるかもしれない。

クラリッサは適当に誤魔化されて断られることも覚悟した。

「――では、一度お茶をご一緒にいかがですか？　ご招待いたしますわ」

「よろしいのですか？」

クラリッサは僅かに目を見開いた。

「ええ。私、他人のお話はあまり信じない方ですの」

はっきりと言うところから、エルトル夫人のさっぱりとした性格が推し量れる。

これまで噂と見た目で判断されることが多かったクラリッサは、きちんと場を設けて会おうとしてくれることが心から嬉しかった。

「ありがとうございます……！」

クレオーメ帝国初めての社交の場。

正直、次に繋がる出会いがあるなんてほとんど期待していなかった。いや、頑張ろうと決めてはいたが、その努力が報われるとは思っていなかった。

ラウレンツと結婚したクラリッサは一躍時の人で、一定以上の地位の人間ならば表面的なクラリッサの情報を集めることは容易だ。

淑女らしいドレスを着て、ラウレンツの隣で優雅に振る舞っていれば、少なくとも見た目でラウレンツに恥を掻かせることはないと、その程度の思いだったのだ。

「――あら、私に招待されただけでそんなに喜んでくれるなんて。嬉しいわ」

「あ……お恥ずかしいです」

エルトル夫人の余裕の表情は、やはり経験の差だろうか。クラリッサがこうして内心では慌てていることも、きっと気付いているのだろう。

それでも言葉にしない優しさに、クラリッサは助けられた。

そのとき、不意にエルトル夫人がクラリッサの背後に視線を向けて笑みを深くした。クラリッサも気になって振り向くと、そこにはエルトル夫人と同年代の女性達が集まっている。その中に皇太子妃もいて、クラリッサは軽く腰を折った。

「ごめんなさいね、友人が呼んでおりますわ。後日手紙を送りますから、お返事を頂戴ね。フェルステル公爵様もそろそろお戻りになると思いますから」

エルトル夫人はクラリッサに申し訳なさげな顔をして挨拶をする。

クラリッサは気にしないでというように、ふわりと笑った。

「ええ、お気遣いありがとうございます。ごきげんよう」

去って行くエルトル夫人の背中を見送って、クラリッサは給仕から新たなグラスを貰った。

ラウレンツを見ると、いつの間にかエルトル侯爵ではない男性と話をしている。

年齢はラウレンツと同じくらいで、茶色い髪に緑色の瞳が印象的な細身の男性だ。ラウレンツとは仲が良いのか、軽い笑顔で肩を叩いている。

友人同士なのか、ラウレンツも気安げだ。

「――あんな顔で笑うんだ……」

クラリッサは胸がきゅうと握り締められたような痛みを覚えた。

ラウレンツと共に暮らすようになってからひと月。今日までクラリッサは、ラウレンツがきちんと笑ったところを見たことがなかった。先程ダンスのときに少し笑ってくれたような気はしたが、それとは全く違う。

もっと気軽に出る、自然な会話の中の、屈託のない笑顔。

幼いあの日に聞いた、陰りのない笑い声。

男性と話しているラウレンツは、眼鏡のレンズの奥の目を細めて、猫のように笑っている。子供の頃と似ているようで少し違う、今のラウレンツの無邪気な笑い方だ。

クラリッサには決して向けてくれない表情だ。

「……お化粧室に行ってこようかしら」

どうせラウレンツは夢中になっていて、しばらくこちらに戻っては来ないだろう。最初はパートナーと共にいた男女も、自然と離れて友人同士で話す者がほとんどになってきた。

クラリッサが一人でここを出ても、問題は何もなさそうである。

念のため近くにいた給仕に声をかけてから、そっと廊下に出る。化粧室は同じ階の廊下を一度曲がったところにあるようだ。

会場よりも照明が少ないせいでかえって月明かりが美しく届く廊下を歩く。かつんかつんと踵《かかと》が鳴って、幻想的ですらあった。

誰ともすれ違わずに化粧室に着き、ドレスの隠しから口紅とアイライナーとハンカチを出す。

どうしても飲食をすると、化粧が落ちやすくなってしまう。ましてクラリッサは悪女らしい化粧をしているから、こまめに確認しなければ、化粧が滲む。

そこまで考えて、クラリッサは鏡の中の自分の顔が夜会に来たばかりのときと変わっていないことに気が付いた。

ダンスや社交で汗ばんだにも拘らずだ。

しかしその理由もまた、クラリッサは理解していた。

「そうよね……だって、私のお化粧、前と全く違うもの」

すっかり夢中で忘れていたが、今日のクラリッサはフェルステル公爵家の侍女達によって、クレオーメ帝国の新しい化粧品で化粧をしてもらっている。

口紅は以前使っていた真っ赤なものとは違い、少し暗い落ちても気にならない自然な色。アイラインも目尻をつり上げるような描き方はしていないので、汗で滲んだりはしない。

「これなら、直さなくても良いくらいだわ」

それでも折角来たのだからと、クラリッサは持っていた口紅だけ軽く塗り直した。

扉を開けて外に出て、来た道を戻る。廊下に分かれ道は無くて、迷わずに戻れそうだった。ラウレンツに心配させないうちに早く戻ろうと、そればかり考えていた。

かつんかつんと踵が鳴る。

静かな廊下に複数人の足音が交じり、クラリッサは顔を上げた。

そこには、クラリッサと同じか少し若いくらいの令嬢が五人立っていた。中でも先頭に立っている令嬢とその側にいる令嬢は、ドレスのデザインも質も素晴らしいものだ。

「ごきげんよう」

クラリッサは自然に挨拶をして、少し端に寄って道の中心を譲ろうとした。

立場としては同等かクラリッサの方が上だろうが、これまでのクレオーメ帝国ではこの令嬢は若い令嬢達の間ではかなり強い勢力を誇っていたのだろうと思ったからだ。

その方が、余計な争いを起こさずに済む。

舐《な》められるつもりはないが、余計な争いは望んでいないのだ。

しかし踏み出した一歩に足を引っかけられ、クラリッサは思いきり転んでしまう。無理に踏ん張ろうとした右足が捻《ねじ》れ、無意識についた両手が床の大理石に当たってじんじんと痛んだ。

クラリッサを転ばせたのは、先頭にいた令嬢だ。

「あら、ごめんなさい？　大丈夫かしら」

全く悪びれていない声音で、令嬢はつい上がってしまうらしい口角を扇で隠している。

立ち上がろうとしたクラリッサは足首の痛みに僅かに顔を顰めた。ふらつかないよう意識して、壁に手をついて立ち上がる。

クラリッサは悪女ではない。悪女のふりはしてきたが、その実、内面は良心的な令嬢であると自負している。余計な争いは好まないし、平和が一番だと思っている。そのためには多少の痛みも厭わない。

しかし、それはあくまで痛み以上の利益を得られる場合に限る。痛みに耐えても何も得られないのならば、それは耐える必要のないものなのだ。

「……大丈夫なように見えたのでしたら、貴女の頭は随分とお花畑ですこと」

壁から手を離したクラリッサは、目の前の令嬢を見据えた。

背筋を伸ばして、顎を引いて。

扇で口元を隠すのは、感情を隠すため。

怒りを全面に出してしまっては、恐ろしくない。

こういう場での戦い方なら自信がある。何せ、もう何年間も第一線で演じてきたのだ。

「な……なんて」

「お花畑、と申し上げましたの、レベッカ様。ロジーナ様。それと……ああ、後の方は、ごめんなさいね。お名前を存じ上げなくて」

レベッカはバシュ公爵家の、ロジーナはザイツ伯爵家の令嬢だ。

レベッカについては、貴族名鑑に手書きで書き足されていた。美しさと家の力から、クレオーメ帝国の年若い令嬢達の間では強い力を持っているという。

その友人であるロジーナと、残りの三人は取り巻きだ。

クラリッサが名前を知らない、と言ったことで、後方にいた三人の令嬢は怒りに頬を染めている。

レベッカはクラリッサが自分の名前を知っていること自体は当然だと思っていたのか、慌てる様子もなく言葉を続ける。

「まあ、なんて失礼なお方でしょう。どこのどなたかしら。皆さん、知っていらっしゃる?」

「いいえ、どなたでしょう」

「私も存じませんわ」

レベッカが、クラリッサに言い返してくる。取り巻きの令嬢達もころころと笑い声を上げた。

クラリッサを知らないなんてことはあり得ない。

レベッカ達は、クレオーメ帝国よりも小さい国から嫁いできた社交界の新参者であるクラリッサを自分達よりも下に置きたいのだ。クラリッサが取り巻きの令嬢達を知らないと言ったことの意趣返しでもあるのだろう。

クラリッサは扇の陰で小さく笑って、こてん、とわざとらしく首を傾げた。

「あらまあ。私のことをご存じでないなんて……今日の夜会にそんな方がいらっしゃるとは思いませんでしたわ。これでも私、今夜は随分目立っていたと思うのですけれど……もしかして皆さん遅刻されたのですか? 駄目ですわよ、皇帝陛下よりも早く会場にいるのはマナーの基本ですわ」

「そんなこと知っておりますわ!」

レベッカがかっとなってクラリッサに言い返す。

「あら、知っていらっしゃるのですか。会場の外とはいえ、初対面の私に話しかけるときに名乗らずにいらっしゃったので、てっきり存じ上げないのかと思っておりましたのよ。ごめんなさいね」

クラリッサはぱちん、と音を立てて扇を閉じた。

レベッカは自分こそがこの社交界の華だと思っているのだろう。もしかしたらこの国の年若い令嬢達は、レベッカのことを悪女だと思っているのかもしれない。

社交界では、悪女に必要なものがいくつかある。

まず家の権力。

次に美貌。貴族令嬢にとって、美しさは武器だ。

そして最後に、他の者には負けないという強い覚悟だ。

扇を左手に軽く持ったまま、クラリッサは艶やかに微笑んだ。アベリア王国では傾国の美女とまで言われた美貌だ。こんな表面だけ取り繕った令嬢に劣るものではない。

完璧な礼は、貴族としての格と知性を。

派手ではないながらも充分に予算をかけたドレスの光沢は、家の力を。

大勢に向かって来られても少しも震えない指先に、心の強さを。

何一つ譲らないという強い覚悟を乗せて、クラリッサは狙いを定めた猫のようにレベッカ達を見た。

「あら、私としたことが、名乗っておりませんでしたわね。私は、クラリッサ・フェルステル。フェルステル公爵であるラウレンツの妻ですの。どうぞ、以後お見知りおきを」

レベッカの顔が赤くなる。ロジーナも慌て始めたあたり、これがクラリッサに絡んできた理由だと考えて間違いないようだ。

「ラウレンツ様もこのような悪女と結婚させられて、なんてお可哀想《かわいそう》なのでしょう。きっと大変なご苦労をされるのでしょうね」

「貴女には関係のないことでしてよ。他人の家のことに口を出されるなんて、なんて無粋なのでしょう」

レベッカはラウレンツのことが好きだったのだろう。

皇族であるラウレンツが国内貴族と縁組みをする場合、それは国にとって重要な理由がある場合だ。例えば権力の均衡のためや、重要な鉱山が発見された等。恋愛ではなく政治によらなければ、安定している国であってもほんの少しの乱れで、簡単に国は荒れる。

皇帝の権力が安定しているクレオーメ帝国の皇太子の三男であるラウレンツの場合、レベッカと結婚するよりは、なんなら平民の娘でも相手にした方が余程平和だ。間違えたら、次代で皇太子位争いが起こってしまう可能性がある。

実際のところ、相手には争いの起こらない平和主義の低位貴族か、帝国よりも小さい国の王女が無難だろう。だからクラリッサが選ばれたのだ。

つまりクラリッサが嫁いでこなくても、レベッカはラウレンツの相手たり得なかった。

可哀想にも思うが、だからといってクラリッサが怪我をさせられて良いというわけではない。

攻撃するなら令嬢らしく言葉ですれば良いのだ。

「怪我は大したことないようですから、今日のことは大事にはいたしませんわ。ご安心なさって。──まあ、こんなところで、随分時間を使ってしまいました。では、夫が待っておりますので。ごきげんよう」

怪我、とあえて口にしたのは、今回だけは見逃すという宣言だ。会うたび怪我をさせられては堪らない。

くるりと踵を返して、痛みがある右足首を庇《かば》わないように颯爽《さっそう》と歩く。

弱いところなど見せるつもりはない。付け入られる可能性は全て排除して、少しも揺らがないところを見せつけるのだ。

角を曲がったクラリッサの背後から、悔しがるレベッカの声と宥《なだ》める取り巻き達の声が聞こえる。

姿が見えなくなったからって声も聞こえなくなるわけではないのに、詰めが甘い。やり返される経験がほとんどなかったのだろうか。

もしかしたら、これまでは困ったら暴力に訴えてきたのかもしれない。一般的な令嬢ならば、転ばされた時点で気力を削《そ》がれてしまうことだろう。

そんなことを考えながら歩いていると、前方の廊下に人影が見えた。壁に寄りかかっていて月明かりに照らされていないその人物は、クラリッサが立ち止まると姿勢を正した。

「……悪女は強いな」

眩《まぶ》しいほどの満月が、その姿を露《あら》わにする。

金色の髪に月明かりが反射し、淡い銀色の光の輪を作る。眼鏡越しの目はよく見えなかった。

「ラウレンツ、聞いていたの？」

どうして廊下にいるのだろう。中で友人と話していたはずなのに。不思議に思いながらも駆け寄ると、ラウレンツはクラリッサの表情を窺うように覗き込んだ。

「怪我をしたの？」

聞かれていた、と思った。

折角今日まで悪女脱却を目指して頑張ってきたのに、思いきり悪女らしい行動をしていたところを見られてしまった。

クラリッサは一縷《いちる》の望みをかけて、ラウレンツに問いかける。

「……どこから聞いていたの？」

「別に」

「待って、返事になっていないわ」

言葉を濁すラウレンツに、クラリッサは余計に慌ててしまう。

咄嗟にラウレンツの手首を掴もうと手を伸ばすと、逆にラウレンツから手を掴まれてしまった。

「クラリッサこそ、先に答えてよ。怪我をしたの？」

逃げられない、と思った。

クラリッサは小さく嘆息して、緩く首を振る。

「大したことじゃないのを、大袈裟《おおげさ》に言っただけよ。そうすれば、少しは大人しくなると思って」

嘘だった。

弱みを隠すことに慣れすぎたクラリッサは、こんなときでも甘えることを知らなかった。隠していれば、まだ再会して間もないラウレンツならば気付かないだろう。

「――そう」

ラウレンツはつまらなそうにそう言った。

「だから気にしないで。それより、どうしてここにいるの？」

「姿が見えなかったから、いた場所の近くの給仕を捕まえて聞いたんだ」

どうやらラウレンツなりにクラリッサのことを気にしてくれていたらしい。

クラリッサは嬉しくなって、さっきまで作っていたものとは違う笑顔でラウレンツの顔を見上げた。

「心配させてしまったのね。そろそろ陛下の挨拶の時間かしら」

「そうだよ。……中に戻ろうか」

「ええ、そうね」

こんなところにいても仕方がない。

クラリッサはラウレンツの腕に右手を掛けて、まだ痛む右足首を全く庇わずに歩き始めた。

6章　その悪女、品行方正につき

夜会の翌朝。

クラリッサは寝台の端に腰掛けたまま、顔を青くしていた。

「――どうしようかしら……っ！」

悪女脱却を目指していたはずなのに、昨夜のクラリッサは、これでもかと悪女だった。

クラリッサに足を引っかけて絡んできたレベッカ達に対して威嚇をして、とても嫌みな言い方でやり返した。

しかもそれを、途中からのようだがラウレンツに聞かれてしまっていたらしい。

折角夜会の途中までうまくいっていたというのに。

昨日のラウレンツはクラリッサのことを名前で呼んでくれるようになり、ドレス姿を褒めてくれ、一緒に踊ってくれた。ずっとエスコートしてくれていたため、これまでになく距離も近かった。

思い出すと、今度は顔が赤くなる。

「どうしようかしら、は私の台詞《せりふ》ですよ、クラリッサ様」

「私だって分かっているわよ。エスコートしてくれたのもドレス姿を褒めてくれたのも、貴族としては当然の振る舞いだからよ。名前呼びも気軽な喋《しゃべ》り方も、周囲の目があることを気にして変えてくれたこと。だから、私のためということではないの」

クラリッサはしゅんと落ち込んだ。

少しも隠し立てせずころころと表情を変えるクラリッサに、カーラが溜息を吐く。

あまりに騒ぎすぎて、呆れられてしまっただろうか。クラリッサは慌ててカーラに話しかけた。

「ごめんなさい、カーラ。昨日色々ありすぎて、心の整理ができていなくて……！」

「ええ、色々あったのでしょう。本当に色々あったのでしょうね」

「そうなのよ。聞いてくれる⁉」

帰宅が遅かったこともあり、昨夜は入浴だけしてすぐに眠ってしまった。カーラとも他の侍女達ともほとんど会話をしていなかったため、クラリッサは誰かに話したくて仕方がなかった。

しかしカーラは、クラリッサの前で真剣な顔で仁王立ちをする。

「――その前に、この足がどうしてこんなことになっているのか教えてください！」

クラリッサはきゅっと唇を引き結んだ。

寝台に座っているクラリッサの右足首は、熱を持ってしっかりと腫れている。ラウレンツと合流した後も、夜会の最中ずっと足を労《いたわ》ることなく無理をして細いヒールで立ち続け、帰宅しても全く顔に出さず、手当てをしないまま眠ってしまった。

朝起きたらこの状態で、流石のクラリッサもこれはまずいと思って眺めていたところを、カーラに見咎《みとが》められたのだ。

「ええと……ちょっと、喧嘩《けんか》をして」

「まさか、どなたかに喧嘩を仕掛けたのですか？」

「違うわ。喧嘩を売られたからやり返したの」

アベリア王国では自分から揉め事を起こしていたクラリッサだが、流石に嫁いで早々異国の社交界で自分から喧嘩を売るなんてことはしない。

クラリッサの返事に、カーラは呆れたように眉を下げた。

「……だからといって、無茶しすぎですよ。もっとご自身の身体を労ってください」

「気を付けるわ……」

クラリッサも反省はしていた。

いくら格好付けていたとしても、帰宅後疲れて何もせずに眠ってはいけなかったのだ。せめて、炎症止めだけは塗っておくべきだった。

「でも、折れてはいないわ。捻《ひね》って炎症が起きているだけよ」

「いくらクラリッサ様でも、折れていたら朝まで眠っていられないと思います」

「ふふ、そうよね」

眠るのが遅かったため、今朝のクラリッサはいつもより朝寝坊だ。ラウレンツはもう出かけてしまっているらしい。

これなら、ラウレンツに怪我をしたことを気付かれずにいられそうだ。あんなに格好つけておいて、実は怪我をしていたなど恥ずかしくてとても言えない。

都合が良い状況に、クラリッサはほっと息を吐く。

「カーラ、昨夜の疲れが残っているから、この部屋で朝食を貰うと伝えて。それから、私の薬草箱を持ってきてくれる？　確かカーラの荷物に入れてもらっていたわよね」

アベリア王国からクラリッサが持ち込む荷物は外務の職員達が確認していた。そのため、クラリッサは悪女らしくないものを持ってくるために、カーラに頼んでカーラの持ち物を装わせた。

その内の一つは、薬草箱だ。

薬草学に秀でているアベリア王国の王女らしく、クラリッサも簡単な薬の調合ならばすることができた。薬草についてはアベリア王国の王族として問題のない程度の知識もある。

「かしこまりました。ご用意しますから、大人しくしていてくださいね」

カーラが部屋を出て行く。

クラリッサはそれを見送って、怪我をした右足を庇いながら机へと向かった。毎日の日課の手紙の確認だ。

昨夜が夜会だったこともあり、届けられている手紙はいつもよりも少ない。余所の貴族達も今朝はゆっくりの者が多いのだろう。その分、今夜以降は一気に増えるかもしれない。

クラリッサは取り急ぎ手元にある手紙を、返事が必要なものとそうでないものに分けていく。返事が必要なものは数枚で、クラリッサはすぐにペンを持ち手紙を認《したた》めていった。

カーラが戻ってきたとき、クラリッサは丁度最後の手紙の返事を書き上げたところだった。使用人棟は渡り廊下の先にあり、しかも薬箱はしばらく使っていなかった物なので、妥当な時間だ。

戻ってきたカーラは、クラリッサが机に向かっているのを見て目をつり上げる。

「クラリッサ様、何をしているのですか？」

「手紙の返事を先に済ませていたの。これ、出しておいて」

「今はそれより、先に手当でしょう⁉」

カーラが慌てた顔でクラリッサに薬草箱を突き出す。

「手紙を書くのに足は関係ないと思うけれど……」

クラリッサは苦笑して、手紙を机の端に置いてカーラから木製のそれなりに大きさがある薬草箱を受け取った。

机の上に箱を置いて蓋の金具を外す。蓋を持ち上げて横に開くと、中に小さな抽斗が並んでいる。久しぶりに嗅ぐ乾燥させた薬草の香りに、クラリッサは少し懐かしい気持ちになった。

「――久し振りだから大丈夫かしら」

「そんなこと言わないでください。ご不安でしたら、公爵家の医師に連絡しますが」

「じょ、冗談よ。ちゃんとやれるわ」

怪我したことをラウレンツに隠したいクラリッサが、まさか家で世話になっている医師に治療を頼むわけにはいかない。

カーラもそれを知っていてクラリッサにこんなことを言っているのだ。

「冷たい水と、いらない布が欲しいわ」

「すぐにお持ちいたします」

部屋を出て行ったカーラを見送って、クラリッサは抽斗の一番下の段から、刻んだ葉が大量に漬かった茶色い液体が入った瓶を取り出した。

軽く揺すって中身に問題がないことを確認してから、スポイトで少量を取る。

戻ってきたカーラが用意した布を冷たい水につけて軽く絞ってから、クラリッサはその液体を布の一部に染み込ませた。

腫れている右の足首に当て、包帯で緩く固定する。動く予定はないので、このまま大人しくしていればずれることもないだろう。

「これは何ですか?」

治療を終えて片付けているクラリッサを見つつ、カーラが薬瓶を気にしている。

クラリッサはその瓶を抽斗に戻しながら口を開いた。

「これは、乾燥させたビワの葉を酒に漬けておいたものよ」

消炎効果のある薬草の一つで、数年前に視察先で見かけたときにたくさん取って作った薬だ。

「色々なものに使えるから便利なの。……なくなる前に来年こっちでも作っておこうかしら。どこかに木があるか調べておかないと」

この薬は様々なことに使えて便利なのだが、とにかく完成までに時間がかかる。もう葉の採取時期は過ぎてしまったため、次に作れるのは来年だ。

今すぐに庭園に調べに行ってしまいそうなクラリッサを、カーラが慌てて止めた。

「お気持ちは分かりますが、もう少し治ってからにしてください！」

クラリッサは薬草箱の金具をしっかり閉じて、仕方がないと息を吐く。

「緩くしか固定していないから、仕方ないわ。分かっているから大丈夫よ」

今歩いてしまったら、折角の治療箇所がずれてしまう。

「私が気にしているのは、そっちではないのですが……」

また呆れたように息を吐いたカーラに、クラリッサは首を傾げた。


それから一週間。クラリッサの右足首は完治はしていないが問題なく歩ける程度に回復した。

ラウレンツのことも避けていたが、一度も呼ばれなかったため怪我に気付かれることはなかった。

安心したような、寂しいような、複雑な気持ちだ。

いつものように身支度をしたクラリッサは、カーラに声をかける。

「――ねえカーラ。まずは、私自身の評判を変えなければいけないと思うの」

「今度は急にどうされたのですか」

カーラが紅茶を淹れながら言う。

クラリッサは前回の夜会でレベッカに言われたことを思い出していた。

『ラウレンツ様もこのような悪女と結婚させられて、なんてお可哀想なのでしょう。きっと大変なご苦労をされるのでしょうね』

そんなことはない、と思った。

クラリッサはラウレンツのことが大好きだし、家に負担がかかるような浪費もしていない。

しかし、外側から見れば評判こそ事実なのだ。

クラリッサが説明すると、カーラも不機嫌な顔をする。

「私に言わせれば、クラリッサ様と結婚できた公爵様はなんて幸運だろうと思いますが」

「そんなことを言うのはカーラくらいよ」

クラリッサは小さく笑って、話を続ける。

「これって、私が悪女だって言われていることでラウレンツに迷惑をかけるということでしょう？

そんなの、私、自分が許せないわ」

ラウレンツがこのクレオーメ帝国でどれだけ周囲に信頼され、期待され、それに応えてきたのか、
クラリッサは今のラウレンツを見て知っている。

その評判に悪評を重ねるようなことはしたくない。

「でも、どうされるおつもりですか？」

カーラが不思議そうに問いかける。

クラリッサはしばらく考えてから、口を開いた。

「ここまでベラドンナ王国の目は届かないのだから、もっと積極的に動こうと思うわ」

「積極的にって、何をされるおつもりですか？」

カーラが問いかける。

クラリッサは笑って、側に控えているカーラを見上げた。

「——やっぱり、まずは慈善事業よ」

「慈善事業ですか」

「ええ。普通と言えばそうだけれど、私、アベリア王国ではちゃんとやってはいなかったもの」

意外そうにしているカーラに、クラリッサは言う。

アベリア王国ではクラリッサは慈善事業をしているとばれたら悪女らしく見えないため、仕方なく浪費という名目で買い漁《あさ》ったドレスをカーラに処分させて、予算も寄付も少ない郊外の孤児院に寄付していた。

「カーラ、エルマーから領内の孤児院のリストを貰ってきてくれる?」

「かしこまりました、すぐに」

カーラが部屋を出て行って、クラリッサはいつも使っているショールを肩に掛けた。問題なくリストを持って戻ってきたカーラと共に部屋を出る。

もう行きつけとなった図書室で、実際の運営状況を調べた。流石ラウレンツと言うべきか、書類上追加の資金援助が必要なところはないようだ。適切な金額が、皇都の中心部に固まることもなく、適切に分配されている。

「すごいわ。お父様にも見習ってほしいくらい」

大抵の貴族は、都心部や領地の中でも観光地周辺に寄付をしたがる。その方が自分の功績が多くの者に見られるからだ。クラリッサの父親である国王はその傾向が強かった。

しかし、ラウレンツはまだ若いのに、隙間なく支援の手を伸ばそうとしているのだ。

「……そうですね」

「ふふ。カーラもそろそろラウレンツのことを認める気になった？」

「公爵様のことは仕事についてはできる方として認識しております」

カーラはクラリッサと結婚したラウレンツのことをまだクラリッサの夫として認めていない。どうやら結婚式からここまでのクラリッサの扱いに対して不満があるらしい。

「良い方よ」

「クラリッサ様はあのような態度が気にならないのですか⁉」

カーラがクラリッサにも怒ってほしいのだというように言う。

クラリッサはカーラが怒っている原因のラウレンツの言動を思い出す。確かに、酷《ひど》いことも言われた気はするが。

「うーん……良い声だなぁ、と思っていると、どうでもよくなるのよ。カーラはあの声を聞いてくらっとしたりしないの？」

「申し訳ございません。私には分かりかねます」

「そうよね、好みもあるものね」

クラリッサは素直に頷いて、また資料に目を落とした。

「……とにかく、まずは一番近くの孤児院からにしましょう。そのうちもっと遠くまで出ようと思うけれど、今は御者達ともあまり仲良くないし、その方がきっと良いわ」

しばらく通おうと思っているので、面倒に思われたら困る。

これからフェルステル公爵家の使用人達とは長い付き合いになるのだ。第一印象は最悪だろうが、少しずつよくしていきたい。

「なんでクラリッサ様が御者の気持ちまで気遣われるのですか……」

「あら。女主人だもの、当然でしょう」

堂々と言ったクラリッサに、カーラが呆れたような顔をする。

「はぁ……そうでございますね。いつ出られますか？」

クラリッサは壁に掛けられた時計を見て、時間を確認する。後二時間ほどでラウレンツが帰ってきて夕食の時間となるだろう。

「そうね。今日はもう遅いから、明日にしましょう。丁度良い服はあるかしら」

あまり華美な服は好まれない。むしろ街に溶け込むくらいでも良い。

衣装部屋の中を思い出そうとしたクラリッサは、しかし思い出せずに首を傾げた。

「キャシーに頼んだ服……覚えている？」

「丁度数日前に追加でお忍び用の服を持っていらしております。後ほど確認なさいますか？」

「ありがとう。そうするわ」

クラリッサはカーラの提案に頷いて、立ち上がった。

翌日、クラリッサはキャシーに用意してもらっていた服に身を包み、髪の毛を緩く三つ編みにまとめて家を出た。

茶色のスカートとベストを白いブラウスに合わせたシンプルな装いだ。赤と紺のチェックのリボンが胸元に付いていて、落ち着いた中にも可愛らしさのある印象になる。

人当たりの良い御者に馬車を頼み、クラリッサは王都の隣にある領地の、一番王都に近い孤児院に向かった。

孤児院は古くなった役所を改装した建物のようで、全体的にすっきりとした造りだが、アベリア王国の平均的なものよりも土地が広い。

「住みやすそうね。管理者は隣の教会の神父だったかしら」

「はい。他に、ここの孤児院出身の者が数名働いているようです」

馬車を降り、建物の中に入る。

昨日のうちにカーラに手紙を出させていたため、クラリッサが来ることを知っていた神父は落ち着いた態度で出迎えてくれた。

「ようこそいらっしゃいました、奥様」

「急にお邪魔してごめんなさい。見学させてもらいますね」

「どうぞ、ご自由にご覧いただいて構いません」

神父はそう言ってクラリッサを中へと導いた。

施設の中は古いながらもよく掃除され整理されていた。この時間、年齢が上の子供達は外で働いている者もいるそうだ。奥の部屋ではまだ幼い子供達が、職員の指示で何やら作業をしている。

「ここでは何を？」

「領主様の取り組みで、敷地内で栽培した薬草を処理しています」

「薬草を？」

「はい。この施設は領主様が研究を始めたときから、薬草学を広める起点となるよう運営されてきたのですよ」

クラリッサは距離を詰めて、子供達の手元を確認した。

テーブルによって作業をしているものは異なるようだ。手前のテーブルではまさにクラリッサが先日使ったビワの葉を乾燥させたものから裏の毛を取り除いている。その隣では、もう少し上の歳の子供達がヤドリギの葉を細かく刻んでいた。

奥では子供達が何かの花を煎じている。

「すごいわ……」

クラリッサは息を呑んだ。

それまでクレオーメ帝国では国家資格を得た医師による外科手術や、精製された高級な薬品を使った治療が基本だった。しかし技術は皇都に集まり、地方医療がおざなりにされていた。

アベリア王国からクラリッサの兄であるエヴェラルドがクレオーメ帝国に留学して一年と少し。それから今日までの短い間で、ラウレンツは自領内で薬を作る仕組みを作り上げようとして実際に動き出している。

感動したクラリッサは両手で口元を押さえる。

「本当にすごいわ。これなら、きっと仕組みが実現するのもそう遠くなく――」

「お前！　だから、そうじゃないって言ってんだろ⁉」

男の子の怒ったような声がする。

驚いたクラリッサが声の方に顔を向けると、そこでは二人の男の子が秤《はかり》を前にして言い争っていた。

「でも……だって少ない気がするんだ」

「じゃあこれはなんなんだよ！」

「う、うーん……なんでだろう？」

気になったクラリッサは、二人の前に歩み寄り手元を覗いた。

秤の片側には分銅が、もう片側には薬包紙の上に何かの粉末が置かれている。

「なんでだろうじゃねえ――」

「ねえ、どうして言い争ってるの？」

クラリッサは二人の間にひょいと顔を差し込んだ。

夢中だったところ、突然女性が間に入ってきたことで、まごついていた方の男の子がひぇっと息を呑む。簡素な服装をしていても、艶のある髪と整った顔、そして細かな所作のせいで誰が見ても高位貴族と分かるクラリッサに、驚きを隠せずにいる。

威勢が良い方の男の子がクラリッサを睨んだ。

「あ？　お貴族様には関係ねえだろ。今忙しいんだよ」

「こら、アル！」

「構いませんよ、神父様」

慌てて叱ろうとした神父を制して、クラリッサは秤の前に立った。

「ねえ、貴方。少ない気がする、って言っていたけれど、これのことかしら」

「は、はい。そうです」

乗せられている分銅は十グラム。反対側に乗った粉末は、確かに量が少なく見えた。

「そうね……十グラムには見えないわ」

「で、でも。ヨハンもそう言うけど、秤は釣り合ってんだろ！　ならこれで――」

「これ、薬包紙を乗せた状態で釣り合わせているかしら」

クラリッサはそう言って、金属製の秤に触れないように気をつけながら薬包紙ごと粉末を取り上げた。反対側からはピンセットを使って分銅を下ろす。何も乗っていない秤は、ぴったり水平に釣り合っている。

「粉末の重さを量りたいのなら、薬包紙を乗せてから秤が釣り合うように調整しないと」

クラリッサは粉末を調薬用の皿に戻して、薬包紙だけを秤に戻した。傾いた秤のダイヤルを回して、左右が水平になるようにする。それから反対側に分銅を戻す。

「あ……」

アルと呼ばれていた威勢が良い男の子は、その違いに目を見張る。

クラリッサがスプーンで掬った粉末を薬包紙の上に乗せていくと、先程の倍程度の量の粉末がそこに乗った。

「秤はあまり普段から見るものではないから、使い方が難しいかもしれないわ。でもこれが使えないと、薬草を計ることもできないから。頑張ってね」

「はい。ありがとうございます」

ヨハンと呼ばれたまごついていた男の子は、クラリッサに恥ずかしそうに礼を言った。

そんなヨハンが気に入らなかったのか、アルが顔を赤くする。

「あっ、おいヨハン！　何良い子ぶってるんだよ！」

「教えてもらったら、お礼を言わなきゃいけないんだよ」

「んなこと知ってるけど！　このよく分かんない貴族の――」

これ以上聞いていられないと思ったらしい神父が、ぱんと両手を打ち鳴らして二人の会話を遮った。アルの言動は貴族への侮辱行為とされる危険がある。クラリッサには責めるつもりはないが、神父としてはまだクラリッサがどのような人間か分からない以上、これ以上アルを放置できないのだろう。

「そこまで！　この方はフェルステル公爵様の奥様です。礼節を守ってください」

アルとヨハンがぴたりと動きを止めた。

クラリッサは子供相手ながら居心地の悪さを感じて苦笑する。この孤児院の薬草学の実践を見て気付いていたが、どうやらラウレンツはここによく来ているらしい。

黙って成り行きを見ていた周囲の子供達まで、クラリッサに注目している。

「……こ、こんにちは」

スカートを軽く摘まんで挨拶をすると、クラリッサはすぐに子供達に囲まれることになった。その勢いに驚いて、クラリッサは慌てて近くにあったガラス板で粉末が乗った皿に蓋をする。

「領主様が結婚したのって、お姉さんなんですか!?」

「すっごく綺麗な人！　流石領主様って感じ」

「薬草詳しいんですか?」

「私にも教えてください！」

一歩引いたクラリッサの周りには、さっきまで真剣な様子で薬を作っていた子供とは別人のような子供達が瞳をキラキラさせて集まっている。

おそらくアルとヨハンの諍《いさか》いを怒らずに仲裁したことで良い人だと認識されたのだろう。ラウレンツが良い領主としてここに来ていることも関係しているに違いない。

しかしクラリッサは、こんな目を向けられたことがこれまでに一度もなかった。どうにか引き攣《つ》った笑顔を浮かべるが、返事がすぐ見つからない。

「あ、私は、その……」

これまでどんな社交の場でも、こんなに言葉に詰まることなんてなかったのに。そんな自分に驚いて、なんだか恥ずかしかった。

「ああ、もう。皆さん。……仕方ありません。片付けたら少し早いですが、自由時間にします。良いですか、先に片付けですよ！」

神父が諦めたように言う。それからクラリッサに目を向けて、頭を下げた。

「申し訳ございません。一度あちらの部屋でお待ちいただいてもよろしいでしょうか」

クラリッサがここにいては収拾が付かないだろう。手伝いたい気持ちもあるが、薬を扱っている以上、本来中途半端に手を出すのは良いことではない。

「勿論です。私のせいでごめんなさい」

「こちらこそ、奥様がお嫌でなければ良いのですが……」

神父の言葉に、クラリッサは首を左右に振った。


教会横の応接室で紅茶を淹れてもらったクラリッサは、神父と向かい合って座る。紅茶は高級な物ではないが香りが良く、こだわって選んでいるものであることが分かる良いものだった。

「――子供達は元気があって可愛らしいですね。自分ができることに一生懸命になっているのが分かります」

アルとヨハンが言い合いになったのは、二人とも作業に真剣だったからだ。考えているから、ああして言い合いが起こる。どちらかが適当な気持ちであれば間違っても気付かないか、言い合いになんてならないだろう。

「そう言っていただけて嬉しく思います」

「まだ嫁いできたばかりで知らないことばかりですが、子供達が真剣なことと、職員も神父様も皆が薬草学と真面目に向き合っていることが分かって、私も嬉しいです」

クレオーメ帝国では、ラウレンツとクラリッサの結婚によってアベリア王国の薬草学が持ち込まれたことが国民に知られている。王城の研究所や一部の施設で実験的に栽培と研究を進めているらしく、特に平民達はその実用化に期待しているそうだ。

充分な医療を受けている貴族の中には、たかが薬草のために自国の皇子を使うのかと言う者もいるそうだが、市民からは好意的に受け入れられている。

特にラウレンツは、国民の健康のため結婚をしたのだと国内での名声が更に上がっているらしい。

ただ、どうしても手の回っていないところはある。それが、先程のアルとヨハンの喧嘩の原因のようなことだ。つまり、薬草学を扱うための基礎の計算や識字の問題だ。

「神父様。私に、ここで子供達に授業をする許可をいただけませんか？」

「……授業、ですか？」

「ええ。薬草学を発展させるために必要な基礎知識という形でやるのが良いかと思いまして」

クラリッサは微笑む。

貴族の女性が孤児院や教会で授業をするというのは定番の慈善活動だが、実際のところ、素直に参加する子供はあまり多くない。

やっぱり授業がつまらないからという理由のこともあるようだが、授業をする側の問題ばかりでもない。

貧しい子供の中には貴族を嫌う者も多く、そうでなくともある程度の年齢になると外に働きに出られる時間を潰してまで受けるものではないと思われがちだ。

そのためこの神父もきっと迷うことだろう、とクラリッサは思った。まして神父はクラリッサのことをあまり知らないのだ。

しかし、領主夫人の申し出を断りもしないだろう。

「――分かりました、ありがとうございます。よろしければ、子供達の参加は任意でも構いませんか」

「ええ、そうね。皆忙しいでしょうから」

クラリッサが言うと、神父はあからさまに安心したような顔をする。

クラリッサはその変化に小さく笑って立ち上がった。

「そろそろ片付けも終わったかしら。今日は子供達と遊んで帰るだけにしますね」

「はい。どうぞこちらです」

神父も立ち上がり、クラリッサは部屋を出た。


それから数日経ち、授業の支度をしたクラリッサは、ラウレンツと同じ時間に朝食を食べてすぐにフェルステル公爵邸を出ることにした。

簡素な服に身を包んで出かける姿が気になったのか、玄関扉に手を掛けたときクラリッサはラウレンツに呼び止められた。

「どこに行くつもり？」

まだ冷たさのある声だが、どこか興味の色も含んでいるように聞こえる。

クラリッサはそんなラウレンツが嬉しくて、口角を上げた。

「浮気ではありませんわ」

「そうではなく……」

言葉を濁すラウレンツは、クラリッサのことを気にしている。ならばもっと、気にしてほしい。そうすれば、きっとクラリッサのことを分かってくれるだろうから。

それに今答えを口にしても、ラウレンツは信用しないだろう。

「疑っているわけでないのなら、もう行きますね」

クラリッサはラウレンツに一礼して、振り切るように背筋を伸ばして外に出た。

前回と同じ御者に同じ目的地を告げ、朝の掃除が終わる頃の教会に到着する。

孤児院の隣の教会には、広く町民達が利用できるホールがある。そこでクラリッサは授業をすることになっていた。

時間になると、そこには思っていたよりもずっと多くの子供が集まっていた。孤児院の子供達もいるが、町の子供も多いようだ。磨かれた床に直接腰を下ろし、クラリッサの様子を窺っている。

「――おはようございます。クラリッサと申します。よろしくお願いしますね」

クラリッサはにこりと笑って、カーラに指示をして皆にある物を配った。

ホールがざわざわと騒がしくなる。

クラリッサはぱんと手を打ち鳴らした。

「これは鉛筆とノートです。使っている人も、大人が使っているのを見たことがある人も、初めて見る人もいるでしょう」

クレオーメ帝国では、ノートと鉛筆は高価な物ではない。一般市民でも買える程度の物だ。

とはいえ、孤児院の子供用には購入されていない。本は数冊あるが、子供に落書きをさせないようにか、鉛筆はなかった。それは他の孤児院でも同じなのだろう。

ノートは小さめに、服のポケットやポシェットに入るようにした。

「これは自由に使って良いですが、今後私の授業を受けるときには必ず持ってきてください。全部のページを使い切ったところを見せてくれたら、新しい物をまたあげます。……そして、私が皆に教えるのは、これの使い方です」

クラリッサは黒板に大きく文字を書いた。

反応を見る限り、読めているのは半分より少し多いくらいだろうか。

「『おこられないほうほう』と書きました。私はこのノートを使って、記録についての授業をします」

子供達はその授業テーマに驚いたようで、手元のノートと鉛筆からクラリッサに視線を移した。

「大人から、『やっておきなさい』と言われたことを忘れたことがある人はいますか？」

笑いながら、ほとんどの子供が手を上げる。

「料理に入れる材料と量を間違えて失敗した人は？」

今度は先程よりも少ないが、別の子供も手を上げている。

「そうね……薬やお菓子の作り方を教えてもらったのに、作り方を忘れてしまった人は？　人の名前を忘れてしまった人もいるかしら」

クラリッサの質問に、子供達は手を上げたり、笑ったり、近くにいる子供同士話をしたりと忙しい。

意識がクラリッサの話に集まったところで、クラリッサはノートと鉛筆を軽く掲げた。

「――ここに書いておけば、忘れても見れば良いの。やらなきゃいけないこと、料理の作り方……お菓子や薬のような正確性が求められるものは、余計に大事ですね。細かい分量を覚えているのは難しいことだから」

クラリッサは子供達の顔を見る。

「覚えておきたい素敵な景色を描いておけばまた思い出せるわ。文字が書けなければ絵で記録をしても良いと思います」

貴族や皇城で働く官吏は当然のようにやっていることだ。商人も、紙とペンがなければ仕事にならないだろう。

「でも文字を知っていれば、より早く簡単に記録できます。計算ができれば、料理や薬もより正確に作れるでしょう」

知識を詰め込もうとしても、本人に使うイメージがなければ実にならない。

クラリッサは、アベリア王国でドレスを換金して寄付していたときからずっと、もし自分が許されるならばこんな授業をしてみたいと考えていた。

実現できている今、子供達は授業が始まったときと比較して、目が輝いている。

あの頃考えるばかりだった時間は無駄ではなかったのだと、クラリッサは嬉しくなった。

「――さて、授業を始めましょうか」

子供達の多くが早速配られた鉛筆を持ち、ノートを広げている。

クラリッサは、まずは名前を書くところからだと、黒板に文字を書き連ねた。


授業は大成功だった。

途中から見に来た神父は真剣に授業を受ける子供達に驚いていたし、クラリッサも手応えがあるように感じていた。

問題があるとすれば、子供によって学力の差が大きすぎることだろうか。

「こんなに多くの子供達が真面目に勉強をしているところなど、この教会で初めて見ました。ありがとうございます」

神父は、クラリッサに感謝の言葉をくれた。

聞くと、望む子供にはできるだけ教育をしようとしていたが、少ない職員と日々の忙しさから、難しい状態が続いていたのだそうだ。

クラリッサは嬉しくなって、可能な限り毎週来ると約束をした。

教会での授業は毎週生徒数を増やし、子供達は文字や計算、絵画に文学と、それぞれにできることを増やしていく。

クラリッサは楽しくて、元からあった悪女の噂がレベッカ達によって強化されても無視して、通う孤児院を三か所に増やしていった。

授業が終わると、クラリッサは必ず孤児院の子供達と遊ぶ時間を取った。

やがてクラリッサが薬草学に詳しいと気付くと、積極的に質問してくる子供が増えた。

「あのね、こっち。来てほしいの」

女の子に手を引かれて連れて行かれたのは、孤児院と教会の裏だった。大抵の孤児院では、土地として所有していても管理しきれず荒れさせていることが多いところだ。

そこには、立派な畑と温室があった。

「っまあ……すごいわ!」

クラリッサはそれを見て目を輝かせた。

孤児院で食べる野菜を育てる畑はここと別にある。ここにある畑と温室で育てられていたのは、全て薬草だった。つまり町の中に立派な薬草園があるのだ。

「リュウノウギクにアロエ……こっちにはコノテガシワの木まで。ここのダイズとキキョウは薬用なのね……」

クラリッサが名前を挙げた以外にも様々な薬草となる草や花が植えられている。それらはどれも子供達によって手入れされているようだ。

クラリッサを連れてきた女の子が、上目遣いに見上げてくる。

「ここにある葉っぱの名前、教えてほしいの」

「名前？」

クラリッサが聞くと、女の子はこくりと頷いた。

「お薬を作るのに使うんだけど、いつも忘れちゃうから。書いておきたいな、って」

女の子はそう言って、ポシェットからノートを取り出した。

クラリッサはそれを見て驚いた。クラリッサが授業をするようになってから二か月で、女の子のノートはもう三冊目になっていたのだ。

「見せてくれる？」

「……恥ずかしいけど、いいよ」

ノートを受け取って、一冊目からページをぱらぱら捲る。

最初は文字の見本がぎこちない筆跡で書き写されているところから、練習を重ねたのかどんどんきちんとしたメモになっていく。

二冊目からは皆で作っている薬の手順が簡単な絵と共に書かれるようになっていた。

「すごいわ」

「そんなことないよ。ヘレナとカルラもやってるから」

どうやらこうしてノートを使っている者はこの子だけではないらしい。

クラリッサが想定していた通りの使い方だ。

「……そうなの」

目頭が熱くなる。

せっかくここで薬を作っているのに、孤児院の中だけで終わってしまうのは勿体ないと思っていたのだ。できるならば、子供達が大人になってここを出て行くときに、確かな知識を持っていてほしい。そうすれば、薬師としてでも身を立てていくことができるかもしれない。

ラウレンツもそう考えていたのかもしれないが、あのままでは記録がない分記憶頼りになり正確性が担保されなかっただろう。

少しでも、クラリッサがラウレンツの力になれていたら良い。

溢れてしまいそうな涙をぐっと堪えて、クラリッサはノートを女の子に返した。

「教えてあげるから、他の子にも声をかけてみて。知りたい子皆にお話ししたいわ」

女の子はノートをぎゅっと握って、嬉しそうに笑った。

「ありがとう、連れてくるね！」

女の子がぱたぱたと走って薬草園を出て行く。

話の中に名前が出てきた女の子達が来るのだろうかと思っていたクラリッサは、薬草園に集まってきた二十人あまりもの子供達に驚いて目を見張った。

「皆、どうしたの？」

「ここの草の名前教えてくれるんでしょう？　いつも『持って来て』って言われるのに、分かんなくなることが多くって」

「僕も、もっと知りたいから」

子供達は口々に理由を言う。

「大人になったら、自分の店を持ちたいと思ってるの！」

「えー無理だよ」

「分かんないじゃない！」

子供達が話すのは知識への欲求と未来の夢だ。

それは、きっとラウレンツが薬草学を教会と孤児院を起点として広めようとしなければ抱かなかったであろう願い。そして、クラリッサが教えた知識がなければ繋がらなかった思いだ。

クラリッサはぱんぱんと手を打ち鳴らして微笑んだ。

「皆、理由はそれぞれで良いのよ。とても素敵だと思うわ。だから、喧嘩をしないで。ね？」

クラリッサが言うと、ばつが悪そうに黙る。その素直さを愛らしく感じながら、クラリッサは早速近くにあった草をそっと指さした。

「これがアロエ。皆もよく使うのではない？」

数人の子供達が頷く。

クラリッサは頷いて説明を続けた。

「皆が使うのは転んだときが一番多いかしら。便秘や関節炎、筋肉痛などにも効果があるわ」

アベリア王国では身体に良い食べ物としてヨーグルトなどに混ぜることもある。それくらい一般的な薬草だ。

「これがリュウノウギクね。生の葉っぱが傷に効くのよ。これもきっと身近ね。他にも——」

クラリッサの説明を、子供達は絵や文字を書きながらよく聞いている。薬草に興味があるというのもそうだが、ここで作っている薬が孤児院と教会の運営資金になることも、ここでの知識が将来の自分達の糧になることも気付いているのだ。

「真剣に覚えようとするのは良いことだけれど、無理にやって辛くなったら大変だからね。楽しく覚えられるくらいで良いの。皆には、たくさんの未来があるんだから。薬草学に興味が持てなくても、計算が好き、本が好き、絵が好き、服が好き……それで良いの」

孤児院からの就職が難しいというのは、どこの地域にもある問題だ。身元がしっかりとした人間を雇いたいという雇用主側の気持ちも理解できてしまうのが困ったところだ。

それでも、そういった困難をなくしていくのがクラリッサ達の仕事なのだ。

「そういう未来を、きっと作るわ」

クラリッサはふわりと笑う。

それに見蕩れていたのは、子供達だけではなかった。


子供達を孤児院の中に帰して、クラリッサは薬草園の中をぼんやりと歩いていた。

もうそろそろ帰らないと、フェルステル公爵家も夕食の時間になってしまう。そのときに部屋にいなければ、どこに行ったのかと探されるかもしれない。

エルマーあたりはきっとクラリッサの行動を知っているだろうが、だからといって何も口出しをしてこない。

アベリア王国にいたとき、悪女であったクラリッサのことを皆が気にしていた。何かやらかしやしないかと、一挙手一投足を監視されている気分だった。どうせクラリッサが何かをやらかしても、止められる者などいなかったというのに。

「――今日は、楽しかった、な」

クラリッサを慕ってくれる子供達と、幼い頃から触れていた薬草。

悪い注目がない、穏やかな場所。

何にも縛られず、何にも決めつけられない、自分がしたいことをして、子供達が思いを返してくれる夢のような環境が心地好かった。

いっそ、クラリッサが家に帰る理由なんてないのかもしれない。

ラウレンツは、クラリッサがいてもいなくても気にしないに違いない。クラリッサがどんなにラウレンツのことを好きでも、ラウレンツがクラリッサをまだ嫌っていることをクラリッサは誰よりもよく知っている。

思わず溜息が零れる。

「ラウレンツ様……」

ぽつりと名前を口にしたのは、それでもラウレンツにクラリッサのことを見てもらいたいと思っているからだ。

クラリッサだって、まさか公爵夫人が無断外泊などしたら事件になることは知っている。ラウレンツにそんな迷惑をかけることは本意ではない。

だから、帰るつもりだ。

それでもどうしても込み上げる溜息をもう一度吐き出した。

そのとき、背後から声がする。

「――呼び捨てにするように言っただろう?」

びくり、とクラリッサの身体が固まった。

この声をクラリッサが聞き間違えるはずがない。低くよく通る、歌うような穏やかな声。

不思議と優しく響く声。

世界のどんな音よりも、クラリッサの心を揺さぶる、大好きな声だ。

「ラウレンツ……」

「そうだよ」

ラウレンツが一歩、また一歩とクラリッサに近付いてくる。

陰から出ると、ラウレンツの姿がよく見えた。

青灰色の宮廷服を美しく着こなし、銀縁の眼鏡の蔓《つる》をくいと持ち上げ整える。その些細《ささい》な仕草にもクラリッサの鼓動は跳ねて、悩んでいたことが分からなくなってしまう。

「まさか、貴女がこんなことをしているとは思わなかったな。ポイント稼ぎのつもり?」

「ポイント?」

「私に取り入るために、善良な人間を演じているようだけど……無理にしなくても、私達が離婚をするようなことはないから」

ラウレンツが口角を片側だけ持ち上げて言う。

クラリッサは僅かの間その声に聞き惚《ほ》れていたが、ラウレンツが言っている意味に気が付いて、顔が熱くなった。

確かにクラリッサは、ラウレンツに好かれたいと思っていた。しかし、それよりもまずフェルステル公爵家に相応しい振る舞いをしようと、ラウレンツに自分のせいで迷惑を掛けたくないと、そう思っていた。

それなのに、いつの間にかクラリッサは、子供達と共に過ごし薬草学に触れるこの孤児院での時間を、ただ楽しく過ごしていたのだ。

「――……え、あ……そう、よね。貴方がそんなことをする人ではないことは、分かっているわ。だって、互いの国のためにも別れたりなんて、できるはずがないのだもの」

「そうだね」

ラウレンツがクラリッサから顔を逸らし、端に生えていたナギナタコウジュの側にしゃがんで、淡紫色の小花に顔を近づけた。

クラリッサはその光景から目が離せない。

「クレオーメ帝国は、大きな国だ。いくつもの小国を併合し、属国にし、ときに同盟を結びながら、ここまで大きくなった。その土台となったのは、高度に発展した技術と、伴って大きくなった軍事力だ」

日が沈み、薄闇の空になっても、孤児院の薬草園にはオレンジ色の明かりがぽつりぽつりと灯《とも》っている。アベリア王国では考えられない光景だ。

「医療技術も発展し、様々な病気や怪我を治すことができるようになった。難関と言われている資格を取れば、医師として尊敬を集め、多くの金を稼ぎ、国の研究機関で働くこともできる。素晴らしいことだ」

「本当に、すごいわ」

クレオーメ帝国の皇都の医療技術は大陸中で認められており、自国では治療できない病にかかった各国の貴族や王族が大金を持って押しかけてくると聞く。

多くの国を従え、大きな土地を保有しているにも拘らず、ここ十数年間戦争がないのは、その技術に頼らざるを得ない者が大陸中にいるからだ、といわれる。

ラウレンツが唇を噛んだ。

「だからこそ、どうしても地方の町や村、守るべき市民達に、医療の手が届かなくなってしまった。価格が高騰した医療は、もう市民の手には届かない。帝国にとって新しい知識と技術が必要だった」

そうして結ばれたのが、クラリッサとラウレンツの縁談だ。

薬草学が発展し、医療技術は他国と同等程度にも拘らず平均寿命が長いアベリア王国は、クレオーメ帝国にとって魅力的に見えたのだろう。

「この国は、自然と共生することを忘れてここまで大きくなった。だから、アベリア王国の薬草学は新しい技術なんだ。しかも知識さえあれば、野山で手に入る植物で、小さな部屋でも薬ができる。市井にぴったりの技術だ」

ラウレンツが花から手を離し、立ったままでいたクラリッサを見上げる。

その顔に浮かぶ感情は、嘲笑か、憐憫《れんびん》か。

どちらにしても、クラリッサの抱いている感情には相応しくない。

「……だから、安心して良いよ。私は貴女がどれだけ悪女であっても、絶対に離婚だけはしない」

これまでに聞いたどの言葉よりも静かな声で、ラウレンツは言った。

クラリッサは何も言えず、逃げるように踵を返す。

静かな薬草園には、ただ、ラウレンツ一人だけが残された。

7章　その悪女は何のため

ラウレンツから、無理をしなくても離婚をすることはないと念を押されたクラリッサだが、既に子供達との交流を楽しんでいたため、その後も授業と孤児院通いを継続することにした。

しばらく夜会がなかったこともあり、すっかり社交界のことなど忘れていた。

そんなとき、クラリッサのもとに一枚の手紙が届いた。

「これ、エルトル侯爵夫人からの手紙だわ！」

クラリッサは手紙の封を開けて便箋を取り出す。上品な百合《ゆり》の香りがふわりと広がり、クラリッサの気持ちは一気に貴族達がいる世界へと引き戻される。

それは、一週間後の茶会への招待状だった。

少人数の身内だけの茶会だから、ゆっくりお話をしに来てほしい、と書かれている。

「本当に声をかけてくれるなんて、嬉しいわ。あの日頑張って本当に良かった……！」

クラリッサは手紙を胸に抱えて破顔する。

以前参加した夜会で茶会に招待すると言われていたが、社交の場での招待の言葉はその場限りになることも多い。こうして時間が経ってから改めて誘われたのにも何か理由があるのかもしれない。

クラリッサは早速机に向かって、喜んで出席すると返事を書いた。

「カーラ、これを届けてもらうようにお願いして」

「かしこまりました」

カーラは嬉しげなクラリッサの顔を見て表情を緩め、しっかりと手紙を受け取った。

「それと、茶会に相応しいドレスってあるかしら?」

「よろしければ、キャシー様に連絡を取りましょうか?」

「そうしてくれる? ありがとう、カーラ」

カーラは一礼して部屋を出ていき、しばらくしてキャシーの返事を持って帰ってきた。

「『丁度新しいドレスがあるから、それを持っていきます』……ありがたいわ。明日か明後日《あさって》なら大丈夫だとお伝えして」

「かしこまりました」

これでドレスの心配はいらないだろう。むしろ問題は、クラリッサが今になってエルトル夫人に呼ばれた理由が分からないことだ。

「おかしいというほどでもないけれど、少し日が開いているのが気になるわ」

「ええ、そうですね」

カーラが楽しげにわざと呆れたような声を出す。

「もう。カーラったら、もっと心配してくれても良いのよ」

クラリッサが頬を膨らませると、カーラは何でもないというように表情を緩める。

「クラリッサ様なら大丈夫ですよ。社交界での振る舞いは、とてもよくご存じですから」

「そ、れはそうだけれど！　……緊張するのよ……エルトル夫人のような淑女の茶会に誘われるなんて、これまでになかったもの」

クラリッサは社交界での正しい振る舞いについて、少なくともアベリア王国内では誰よりも詳しかったと自負している。

正しいことを知っていなければ、間違ったことはできない。

意図的に間違いを作り出し『悪女』となるには、必要な教養だったのだ。

しかしクレオーメ帝国内部の人間関係や状況について、クラリッサはまだあまりよく知らない。

書類と本で読んだ程度の知識はあるが、実際に会わなければ人となりは分からないことが多い。

エルトル夫人は顔が広いため、主催する茶会に誰が来るのか想像できないのも困るところだ。

「大丈夫ですよ」

カーラがまた言う。

クラリッサは苦笑して、当日までの間にもっと情報を集めておこうと決めた。


エルトル侯爵邸は皇城の真裏にあり、広大な土地を有している。

それは国防を担っている家だからこそのものであり、同時に国軍や騎士の演習と宿泊に使われているためでもある。

クラリッサはキャシーに用意してもらったドレスを着て、約束の時間丁度に侯爵邸を訪れた。

首回りと裾に白いファーが付いたウールのマントは、この冬の新作だ。中に着ている起毛素材の薔薇色のドレスは、光の加減で薔薇の花の模様が浮き出て見えるようになっている。

腰と袖口にあしらわれた臙脂色《えんじいろ》のリボンとの組み合わせは、幼く見えてしまいそうな色合わせを絶妙に美しくまとめていた。

クラリッサは使用人の案内で邸内に入り、茶会用に支度された温室に通された。

奥に置かれたテーブルに女性が二人座っている。

クラリッサは膝を折って礼をし、挨拶の言葉を口にする。

「――ごきげんよう、夫人。本日はお招きいただきましてありがとうございます」

「ようこそ、フェルステル夫人。……ここではクラリッサ様とお呼びしてもよろしいかしら」

エルトル夫人の友好的な声音に、クラリッサは安堵と共に顔を上げる。

「ええ。ご自由にお呼びいただいて――」

言葉が切れたのは、そこにいた人物が意外すぎたからだ。

エルトル夫人と仲が良いとは聞いていた。だからといって、貴族の個人が主催する茶会に気軽に参加できる立場の人ではないため、いるとは思わなかった。

クラリッサは慌ててまた腰を落とす。

「こ、皇太子妃殿下……！　本日はお会いできて大変光栄でございます」

そこにいたのはクレオーメ帝国の皇太子妃、レオノーラだ。

レオノーラはラウレンツの母親だ。クラリッサにとっては義母にあたる。

レオノーラはクラリッサに穏やかな微笑みを向けた。

「まあ、クラリッサさん。そんなに固くならなくて良いのよ」

ふふ、と笑いが漏れた口元を半分だけ開いた扇でそっと隠す姿が上品だ。欠点の見当たらない嫋《たお》やかな美しさ。それはラウレンツが確かにレオノーラから受け継いでいるものだろう。

エルトル夫人がクラリッサに同情的な目を向ける。

「レオノーラ、そんなことを言ってもお嫁ちゃんには怖いだけじゃないかしら」

「そう？　私、怖いかしら」

「貴女だって皇妃様は怖いでしょう」

「……それもそうね」

レオノーラは小声でそう零して、その一瞬が嘘だったかのようにまたすぐに完璧な微笑みを浮かべる。

クラリッサはその表情の変化に背筋が伸びた。

「ああ、警戒しなくて良いのよ。クラリッサさんの話を聞いたから、ゆっくりお話したくて。皇城だとどうしても他の人の目があるから」

「私がクラリッサ様をお呼びすると話したら、レオノーラが『私も話したい』と言うのだもの。予定が合うのを待っていたらすっかり時間が経ってしまったわ。今日は私達三人だけだから、気を遣わずにゆっくり過ごしましょう」

侍女がテーブルの椅子を引く。

エルトル夫人だけでも緊張するのに、レオノーラまでいる。気を遣わないなんてできるわけがない。

クラリッサは少しも失敗しないよう気を付けながら、せめて落ち着こうとゆっくりと腰を下ろした。

注がれた紅茶から、花の香りが広がった。

「どうぞ、飲んでみて。私のお気に入りの紅茶なのよ」

「ありがとうございます」

エルトル夫人に勧められたクラリッサは、カップを持ち上げ、一口飲んだ。

口当たりが柔らかいのに華やかな味でとても美味しい。ゆっくりと口の中で味わってみると、クラリッサもよく知る香りだ。

「美味しいです。これは……パッションフラワーとカモミールがブレンドされているのでしょうか。とても華やかで優しい味ですね」

「まあ！　クラリッサさんは茶葉にも詳しいのね」

レオノーラが言う。

クラリッサは首を左右に振って苦笑した。

「いえ。薬草として扱ったことがあるだけです」

その効能を期待されて茶に使われる植物は、薬草としても重宝する。この二つはリラックス効果があるため、不眠の症状があるときにハーブティーとして処方されることも多いものだ。

エルトル夫人がクラリッサの言葉に首を傾げた。

「アベリア王国の薬草学は、我が国でも取り入れているところだと聞いております。クラリッサ様も薬草を扱われるのですか？」

「ええ。王族は皆、幼いうちに基本的な薬草学を覚えることになります。私は、その後も個人的に使うことがあり……」

まさか悪女を演じるために、貴族子息に睡眠薬を盛ったり、自白剤を使ったりしていたとはとても言えない。

クラリッサは言葉を濁す。

レオノーラが楽しげに笑った。

「まあ、すごいのね。それなら、孤児院で子供達に勉強を教えていたというのも納得だわ」

「ご存じでいらしたのですか……」

クラリッサはその言葉に驚き息を呑んだ。

レオノーラが頷いて話し出す。

「ここだけの話にしてほしいのだけど、私の立場もあって、貴女のことは入国からずっと見て、調べさせてもらっていたの。ラウレンツの母としてではなくて、この国の皇太子妃として。……意味は分かるわよね？」

クラリッサは、それも当然のことだろうと思った。

異国の王女を妻として迎えるというのは、もたらされる利益も大きいが、間諜であったり権力志向が強い場合には被害は甚大だ。皇太子妃としては、クラリッサにそういった様子が見られれば、勢力を拡大されないよう囲い込んだり、勝手に動けないよう邸に軟禁する指示を出す必要もあるだろう。

「はい、分かります」

はっきりと返事をして、レオノーラを見た。これから何を言われるのだろうと思うと怖い気持ちもあったが、俯いてはいけないと思った。

「ねえ、クラリッサさん」

レオノーラが言う。

「——貴女、世間で言われているような悪女ではないわよね」

クラリッサは目を見張った。

悪女の定義が何か、クラリッサには分からない。それでもレオノーラはその立場上、クラリッサが最初に挨拶をしたときも、結婚式で露出の多いドレスを着ていたときも、そこにいたはずだ。

調べていたと言うのだから、当然クラリッサがアベリア王国の者達に冷たく当たっていたことも、夜会でレベッカ達をやり込めたことも知られているだろう。

悪女だと糾弾されても文句は言えないと思っていた。

予想外のことに、クラリッサは何も言えなくなる。

「あのね、私はクラリッサさんが悪女でない方がありがたいのよ？　息子の結婚相手が普通にしっかりした良い人だったんだから」

レオノーラがくすくすと笑っている。

ようやく状況を理解したクラリッサは、レオノーラの笑い声に毒気を抜かれて、肩の力を抜いた。

「あ……そう、ですよね……」

「そうよ。レオノーラはそんなに怖い人じゃないから心配しなくて良いわよ。甘い物でも食べて落ち着いて。ね？」

エルトル夫人が微笑みながら、クラリッサに砂糖菓子を勧めた。

クラリッサは素直にそれを受け取って、口に入れる。ほっとする優しい甘さが口の中に広がって、追いかけるように飲んだ紅茶がふわりと香った。

「ありがとうございます……美味しいです」

ほっと息を吐いたクラリッサに、エルトル夫人が真面目な顔をする。

「それでね、噂が嘘なら、どうしてそんな嘘を、と思ったのだけど」

「申し訳ございません。私の口からは……」

「そうでしょうね」

眉を下げて言ったクラリッサに、エルトル夫人がすぐに同意する。

王女がわざわざ悪女のふりをするなんて、通常の統治がされている国ではあり得ない。政略結婚の駒となり得る王女の評判を落としたところで、何の意味もないからだ。

ならばそうしなければならない状況だったと考えるのが妥当だ。そしてその状況は、アベリア王国の国王夫妻がまともに統治していれば起こらない。

クラリッサは俯き、膝の上でぎゅっと拳を握った。

アンジェロのことは心配だし、クラリッサがクレオーメ帝国に嫁いで来てからエヴェラルドについての情報が入ってこないことも気に掛かる。

アベリア王国の者達が帰るまでしっかり悪女を演じ通したから、クラリッサの本性がアベリア王国に、ひいてはベラドンナ王国に伝わっていなければ良いと信じるばかりだ。

「──クラリッサさんは、クレオーメ帝国では悪女のままでいるつもりはないのね?」

「はい。ラウレンツに迷惑はかけたくありませんし……悪女のままではあちらも困ったことになるとは思っているでしょうから。気付かれても何も言われないと思います」

王妃はクラリッサがクレオーメ帝国の情報を流すことを望んでいる。

クラリッサが悪女の振る舞いをしたままでは人の輪に入れないからと『愚かな悪女をやめるふり』をするのだと、納得するに違いない。

ただし、本当のところは気付かれてはいけないが。

レオノーラが、うんうんと小さく唸《うな》り声をあげながら何事かを考えている。

どうしたのだろうかと様子を窺っていると、レオノーラはやがて顔を上げた。

「私がラウレンツに『クラリッサさんは良い人ね』って伝えましょうか」

「そのような……!」

「良いじゃない、それくらい。ラウレンツは頑固だから、放っておいたらいつまでもクラリッサさんのことを悪女だって思ってるわよ」

レオノーラが、誰に似たんだかと言って小さく溜息を吐く。

クラリッサはその様子が普通の親子のように見えて、思わずそれまでの困惑や緊張を忘れて小さく吹き出してしまった。

すぐに扇を取り出して口元を隠すが、なかなか笑いは収まってくれない。

エルトル夫人がそんなクラリッサを見て楽しげに目を細めた。

「まあ、そんなに面白いこと言ったかしら？」

レオノーラが笑う。

穏やかになった雰囲気の中、クラリッサは滲んでしまった涙を指先でそっと拭う。

「いえ、皇太子妃様は――」

「お義母様《かあ》よ」

レオノーラが修正する。

クラリッサは仲良くなろうとしてくれているのだと思って嬉しくて、言葉を続けた。

「お義母様は、ラウレンツには何も言わないでください」

もしレオノーラからラウレンツに言えば、ラウレンツは多少妻として受け入れようとしてくれるのかもしれない。

逆に、母親を誑《たぶら》かしたと言われるのかもしれない。

勿論その不安もあるが、一番は。

「私は、まだラウレンツと向き合っていたいのです。少しずつ話ができるようになっていますし……このまま、今しばらく見守っていていただけますと、嬉しいです」

ラウレンツの中に、クラリッサ自身の力で入りたい。

受け入れてほしい。

二人だけでも、互いに分かり合えるのだと、クラリッサが信じていたかった。

レオノーラが僅かに頬を染めて頷く。

「そう……分かったわ。ラウレンツのことを大切に思ってくれて、ありがとう。母親としてお礼を言わせてね。それと」

言葉を切ったレオノーラが、クラリッサに小さな箱を手渡してくる。受け取って中を見ると、そこには小さな耳飾りがあった。繊細にカットされた雫型《しずくがた》のシトリンが、小さなダイヤモンドと共に短い金の鎖の先で揺れている。

レオノーラが今身につけているものと同じものだった。

「受け取ってくれるかしら。次の皇城での夜会のとき、必ずつけてきてね。私もつけるから」

ふわりと優しく笑うレオノーラに、クラリッサの目頭が熱くなる。

見知らぬ国に嫁いできたクラリッサには、他の令嬢達と異なり、頼れる家や年長者が近くにいない。本来フェルステル公爵家がそれになるのだが、まだできたばかりの家で歴史が浅い。しかも当主であるラウレンツがクラリッサと愛のない結婚をしたことは、周知の事実だ。

だからクラリッサは侮られ、前回の夜会では歴史と家格のある令嬢から絡まれてしまったのだろう。

クラリッサも分かっていたから、エルトル夫人のサロンに出入りできるようになって、少しでも味方を増やそうとしていた。しかしそれでも、後ろ盾がなければサロンに入ることができても味方は作りづらいだろうと思っていた。

それでも、仕方ないと思っていたのに。

レオノーラは、自分が後ろ盾になろうと言ってくれているのだ。

見ていてくれた人がいた。

分かってくれた人がいた。

そのことが、こんなにもクラリッサの胸を熱くする。

「――……ありがとうございます。恥じないように頑張ります……!」

小さな箱を胸に抱き、クラリッサは涙を必死で堪えて笑った。

◇◇◇

ラウレンツは皇城の自身の執務室で溜息を吐いた。

余計な争いを生まないようにと結婚を機に臣籍降下をして公爵となったが、皇族としての教育を受けたラウレンツは、ときに皇子の仕事も手伝わされ、家族に便利に使われていた。

昔は色々あったが、家族仲は今はそう悪くないと思う。

皇族の多忙さは理解しているから、手伝いをすることにも異存はない。

むしろラウレンツが推し進めている市井への薬草学の普及施策を後押ししてもらうためにも、借りは作っておいた方が良い。予想できたことだが、この施策は貴族主義の者達からは評判が悪いのだ。

ただ、仕事が溜まってくるとどうしても心に余裕がなくなってくる。そんなとき、ラウレンツはいつも市井に馬車を走らせた。

あの日も、ラウレンツは自分が手を入れている孤児院の様子を見に行ったのだ。

視察などというものではない。ただ、自分の執務によって良くなった場所を見たい。そして、意味のある仕事をしているのだと実感したい。そんな利己的な理由だった。

公爵領となったのは皇子であった頃から管理していた領地のため、ラウレンツは領民達から慕われている。

だから孤児院に行くと、いつも子供達は笑顔でやってきて、最近の出来事や薬草の成長を教えてくれる。

しかしその日は、いつもとは少し様子が違った。

「領主様、こんばんは！」

「こんばんは。神父様の言うことを聞いて良い子にしていた？」

「うん！」

「わたしもー。わたしも褒めてー！」

子供達の頭を撫でて、その純粋さに目を細める。

親を亡くしたり、何らかの理由で親に手放された子供達だが、皆良い子だ。捻くれたところがある子供もいるが、衛生的な環境で、元気に育っている。

ラウレンツがしばらく子供達と話をしていると、神父が小走りでやってきた。

「領主様、ようこそいらっしゃいました。どうもお疲れ様でございます」

もう日が沈みかけた時間にやってきたから、仕事終わりに寄ったのだと思ったのだろう。神父はいつも通り穏やかな微笑みを浮かべている。

「ありがとう。今日は様子を見に来ただけだから、すぐに帰るよ。……それより、いつもより子供が少ないようだが」

ラウレンツは周囲を見渡して言った。

この時間、歳が上の子供達は料理を手伝っているが、まだそれ以外の子供達は遊んでいるはずだ。

一瞬迷った神父が口を開くよりも早く、空気を読まない子供達がラウレンツに答えをくれた。

「今日はお姉ちゃんがいるからだよ！」

「お姉ちゃんじゃないよ、『奥様』って言うんだよ」

「『奥様』？」

ラウレンツは首を傾げた。

どこかの家の女性が手伝いにでも出入りするようになったのか。

そう考えたところで、別の子供がまた話し出す。

「クラリッサ様だよー！」

その名前に、ラウレンツの心臓がどくんと鳴った。

異国から嫁いできた、自分の妻の名前だ。

ラウレンツの変化に気付かず、子供達は笑顔でクラリッサの話をする。

「お姉ちゃんの授業、すっごく面白いんだよ」

「わたし、文字が書けるようになったのー」

そう言った女の子が、ポシェットからノートを取り出してラウレンツに見せる。そこには、子供らしく歪んだ文字で女の子自身の名前が書いてあった。

「そうか、上手に書けているね」

ラウレンツは女の子を褒めて、頭を撫でながら神父に問いかける。

「クラリッサはどこにいるの？」

「さっき薬草園に行くと言っておりましたから、まだいらっしゃるのかと」

「そうか、ありがとう」

ラウレンツは神父に礼を言って、建物の裏にある薬草園に向かった。

外に出て少し歩くと、少し高めの声が聞こえてくる。ラウレンツが聞いたことがないほど、柔らかく穏やかな声だった。

「これはサネカズラ。最近、実を取って乾燥させたのではない？」

「うん！」

「それは、咳止めの材料になるのよ。あとは――」

そこでは、クラリッサが二十人ほどの子供達に囲まれながら薬草について話をしていた。

子供達はノートと鉛筆を手に、話を聞きながら何かを書いているようだ。鉛筆の動きからして、絵と文字だろう。

クラリッサの表情はラウレンツがこれまでに見たことがないものだった。

幸せそうで、優しげで。まるで木漏れ日のようなその姿は、ふわふわのドレスに身を包んでいた幼い頃のまま大人になったようだ。

「――今、私は何を」

ラウレンツは出て行くこともできず、そっと木の陰に身を隠した。

クラリッサは薬草に詳しいようで、それからも淀《よど》みなく子供達に説明をしていく。決まった方法があるから子供だけで勝手に採ったりしないようにと注意をして、薬草園のどこに何が植えられているのかを中心に教えているようだ。

子供達は職員の指示で薬草を採りに来ることも多い。きっとこれは、子供達が小さなおつかいを問題なくこなせるようにするための授業なのだろう。

ラウレンツにクラリッサと結婚してほしいと言ってきたのは、隣国アベリア王国から医術を学ぶために留学してきた第一王子エヴェラルドだった。アベリア王国の薬草学に興味があったラウレンツは目的を持ってエヴェラルドに近付いたが、気付けば互いの研究のために切磋琢磨《せっさたくま》する友人となった。

それは、エヴェラルドが医師資格試験に合格し、二人で祝おうと酒を飲んでいたときだった。

アベリア王国の薬草学をクレオーメ帝国に持ち込みたい、力を貸してほしい、と頼んだラウレンツに、エヴェラルドは技術交換のための同盟を提案してきた。

『いや、それは……アベリア王国は小国だ。こっちの貴族の一部は、属国にして支配すれば良いと言い出すに決まってる』

『うーん、それはなぁ。ベラドンナ王国よりはましだろうけど、流石に父親が了承するとは……俺も、あんな国でも一応自分の国は維持したいし。俺の代では、まともな国にしたいと思っているから』

そう言ったエヴェラルドはしばらく考え込むような素振りをして、良いことを思いついたというようにぱんと手を打った。

『そうだ、ラウレンツがうちの妹と結婚しちゃえば良いじゃないか。ベラドンナは面倒だけど、アベリアには反対する理由がない。貴族達なんか、妹が外に嫁ぐとなれば大喜びだろう』

クレオーメ帝国の皇族には力がある。

確かに王女がラウレンツに嫁げば、皇族の嫁の母国を攻めようという声はまず出てこないだろう。

そこまで考えたラウレンツは、エヴェラルドの妹が誰なのかを思い出す。

『エヴェラルドの妹……って、クラリッサ姫のことか⁉』

『そうそう。知り合いだし、丁度良いだろう?』

『……知り合いって言っても、昔一度話したことがあるだけだから』

ラウレンツの記憶の中のクラリッサは、まだ小さい。

ふわっふわのレースとリボンがたっぷりのドレスに身を包んで、汚して叱られたらどうしようと泣く、天使のように美しく可愛い子供だった。

それは、まだ自分の身を自分で守ることもできなかった弱いラウレンツを見られた、懐かしく恥ずかしい苦い記憶だ。

『だから、クラリッサちゃんも……負けないで。いつか、また会おうよ』

そう言ったのはラウレンツのばつの悪さと、情けなさを隠すためでもあった。

それでも素直に受け取って笑ってくれたクラリッサのことを当時のラウレンツはとても好ましく思ったし、初めて異性にどきどきするという経験をした。

もう成人しているだろうクラリッサは、一体どんな素敵な令嬢に成長しただろう。

『あー。それじゃ、驚くかもしれないな。まあ、悪い子じゃないからさ』

エヴェラルドに言われてどういうことかと思ったが、正式に結婚が決まり、エヴェラルドがアベリア王国に帰っていった後で、クラリッサを調べたラウレンツはその言葉の意味を知った。

クラリッサはアベリア王国で有名だった。

『薔薇の棘』

『稀代《きたい》の悪女』

『最悪の美女』

それらの二つ名はどれもクラリッサを悪女であると示すもの。

——派手好きで高価なドレスを買っては処分する。

——気弱そうな令嬢を次々虐めている。

——他人のパートナーを誘惑し、縁談を壊す。

——異母弟を虐げている。

聞かされるエピソードはどれも、顔を顰めるようなもの。

正直、ラウレンツは結婚を決めたことを心から後悔した。エヴェラルドの言いぶりも、身内の欲目なのではないかと思わずにいられなかった。

それでも、全て噂で、実際の姿は違うかもしれない。

ラウレンツはクラリッサの顔合わせの場に、その場の誰が想像したよりも真剣な気持ちで出席していた。

そしてやってきたクラリッサは、普通の貴族令嬢であれば決して着ない、背中が極端に露出したドレスを着ていたのだ。

直視できずに目を逸らしたラウレンツは、噂は事実だったのだと落胆した。

とはいえ、もう結婚すると決まってしまったものは仕方がない。エヴェラルドには騙されたかとも思ったが、あちらも兄として妹の嫁ぎ先を心配していたに違いない。ならば恨むこともできそうにない。

でも、もしかしたら。そう一縷の望みを抱いて迎えた初夜では、クラリッサがいかにも経験豊富な女性らしい姿で、これでもかと誘惑した格好で、ラウレンツが訪れるよりも早く寝台に上がり、挑発的に微笑んでいたのだ。

事実は分からないが、少なくともラウレンツにはそう見えた。

その日から、ラウレンツはそれまで以上にクラリッサを理解しようという気がなくなっていた。いっそできるだけ関わらないようにしながら、悪女でも満足できる程度の金を与えておけば良いだろう。そう思って、嫁いできたばかりのクラリッサに社交的な高位の貴族夫人が扱うのと同額程度の予算を与えた。今のところ不満も言ってこないから、きっと足りているのだろう。

そう思って放置していたのだが、皇城での夜会となると連れて行かないわけにいかない。

一体どれだけ周囲に迷惑を掛けるだろう。ラウレンツは警戒しながら、夜会の最中は常にクラリッサの隣にいようと決めていた。

それなのに結果的に逸《はぐ》れてしまい、見つけたときにはバシュ公爵令嬢であるレベッカ達に囲まれていた。

助けようかとも思ったが、悪女がどんなものかと興味を持ったラウレンツはあえて観察することにした。そして見事に全員を退散させたクラリッサに感心して、ラウレンツは声をかけた。

それ以来ラウレンツは、クラリッサがどこで何をしているのか気になって仕方がない。

何を考えているか分からなくて、顔を見ると苛々する。目の前にいてほしくないのに、目を離すのが怖い。

感情の整理ができないまま、偶然会った孤児院でも咄嗟に隠れてしまった。

クラリッサの授業は続く。

「真剣に覚えようとするのは良いことだけれど、無理にやって辛くなったら大変だからね。楽しく覚えられるくらいで良いの。皆には、たくさんの未来があるんだから。薬草学に興味が持てなくても、計算が好き、本が好き、絵が好き、服が好き……それで良いの」

ラウレンツはその言葉に、胸をぎゅっと握られたような気がした。

孤児院からの就職が難しいという、以前から何度も考えてきた身元がはっきりしない者達の就職問題。誰もが就きたい仕事に就くことができれば素晴らしいが、そうはいかない。確かに面接前に不採用を決められるのは理不尽だが、面接を受けたところでどうせ雇ってはもらえないのだ。

ならば手に職をつけさせようと思い、フェルステル公爵領内の孤児院に薬草の栽培と、簡単なものから薬の作り方を教え、実践させている。

ラウレンツは子供達に薬草学という専門知識を授けることで、ここを出ても一人でも生計を立てていけるかもしれないと思っていた。

しかし、クラリッサはラウレンツが提案したその未来では不足だと言っているのだ。

生きる方法が一つでもあるならば、それに縋れば良い。ラウレンツのこれまでの経験では、人生とはそういうものなのに。

「そういう未来を、きっと作るわ」

クラリッサは明確な決意を浮かべた表情で、そう言い切った。ラウレンツには、その顔から悪女らしさも嘘も見つけることができなかった。

こんなところで、無理をしなくても良い。

クラリッサはアベリア王国で自由に悪女として振る舞っていたのだから、後ろ盾がなくて心細いからって、そんなことまでしなくても良い。

いてもたってもいられずクラリッサに話しかけたラウレンツは、気付けばいつものように毒のある言葉を吐いていた。

「……だから、安心していいよ。私は貴女がどれだけ悪女であっても、絶対に離婚だけはしない」

そう言ったときのクラリッサの顔を、ラウレンツは見ることができなかった。


クラリッサと話をした翌日、ラウレンツの執務室にローラントがやってきた。

ラウレンツと同い年で茶色い髪と緑色の目が印象的なローラントは、ラウレンツの友人だ。こう見えて、由緒正しいシュペール侯爵家の嫡男である。女癖が悪かったり、ノリが軽かったりという欠点もあるが、根は良い人間で信頼できる。ラウレンツにとっては数少ない気の許せる相手だ。

「なに、まーたこんなに仕事してるわけ？」

ローラントがラウレンツの目の前に積まれた書類を見て呆れている。

ラウレンツは苦笑で返して、書類の山から一部を伏せた。最早《もはや》側近と言っても良い間柄だが、とはいえ正式な契約を結んでいるわけでもないため機密書類を堂々と見せるわけにはいかない。

「どうせまた余所の仕事が回ってきたんだろ。お前がやらなくても良い仕事もあるんじゃね？」

「……私にできる仕事なら、私がやっても良いだろ」

「はー、分かんね。家にあんな美人な奥さんがいるってのに、なんで城に籠もってるんだか」

「……それは」

ラウレンツは何も言えなかった。

ローラントが言うとおり、ここにある仕事のうちの少なくとも四分の一はラウレンツのものではなかった。

親切の顔をして、他部署からわざわざ貰ってきたものも交じっている。

家に帰りたくなかった。家に帰れば、クラリッサがいる。

昨夜のクラリッサを思い出すと、どうしてもラウレンツの心は落ち着かなかった。

ラウレンツが姿を見せたときの、心から驚いたという顔。本当に、見られるとは思っていなかったかのように見えた。

もし悪女が善人のふりをするならば、逆にラウレンツに見てもらおうとアピールするのが普通なのではないか。いや、クラリッサが悪女だということはラウレンツ自身も見て知っている。調べて得た情報も、嘘だと一蹴するには被害者の名前まで正確に書かれていたほどだった。

ならばやはり悪女で間違いないのか。

人間、そう簡単に変わらない。ならば今ラウレンツが見ているクラリッサの姿は、やはり作られた偽物なのだろうか。

ぐるぐると思考が渦を巻く。

「そんなにあの悪女が嫌なんだ？」

ローラントが溜息交じりに言う。

「悪女でも良いじゃん、あんだけ綺麗なら。こないだの夜会では服装もちゃんとしてたし。好かれようとして猫を被ってるんだとしても、使用人に見張らせておけば、お前は可愛いとこだけ見ていられるんだし」

咄嗟にラウレンツは口を開く。

「――そういう問題じゃ」

「そういう問題だっての。正直、俺ならめちゃアリだわ」

ローラントがいつもの軽口を叩く。

ラウレンツは、咄嗟に表情が作れなかった。

ローラントが悪女でも美人なら良いとクラリッサを評したことに、胸の奥がちりりとする。ラウレンツが知っているクラリッサは、そんな人間ではない。

幼少期のクラリッサは本当に愛らしくて、勇気があって、心根も優しい天使のような子だったのだ。それを知らずに悪女だと断ずるのは違う。

そこまで考えて、ラウレンツは虚を衝かれた。

あの日のクラリッサは確かに、とても素敵な小さな淑女だった。

人は簡単には変わらない。ならばあの日の純粋な女の子が悪女と呼ばれるようになるほど、辛い出来事があったのだろうか。

もしそうだとしたら、ラウレンツのこれまでのクラリッサへの態度は、正しいものだったのだろうか。

「……お前、変な顔してるぞ」

ローラントがラウレンツをまじまじと見ている。

いっそ不躾《ぶしつけ》なほどの視線に、ラウレンツは右手で目元を覆って俯いた。

「……もう良いから、暇ならあっちの書類手伝ってってよ」

ローラントは慣れた動きで応接用の椅子に座り、テーブルの上に積んでおいた書類に目を通し始める。

「はいはい、分かりましたーっと。手伝ってやるから、もうちょっと悪女様と話してみろよ。あと俺のこと雇って」

「雇われたいなら、いいかげん試験に合格してくれ」

ラウレンツは溜息を吐いた。

ローラントは今、貴族家の侍従と同じ立場扱いにさせてここに入れている。そのため、見せられない書類があるのだ。能力はあるのだからちゃんと官吏になってくれれば、すぐにでも補佐官にして側に置くというのに。ローラントは、官吏登用試験に三連続で落ちていた。

ラウレンツは、絶対にわざとだと思っている。

「善処しますー」

全く心が籠もっていない返事が返ってくる。

ラウレンツもまともな返事を期待していたわけではなかったため、ローラントが手を動かし始めたのを確認して書類に視線を戻した。

◇　◇　◇

早足で歩くクラリッサを、カーラが周囲に目を配りながら追いかけてくる。

「ねえ、カーラ。次はあのお店に行ってみましょう」

「クラリッサ様、そんなに急がなくても！」

「でも、書店だけでもこの通りに四店あるのでしょう？　どんどん見ないと授業の時間になってしまうわ」

クラリッサはいつもより身軽な服装で、久し振りの商業地区を楽しんでいた。

今日は午後から教会で授業がある。そのためクラリッサは、午前中のうちに子供達に本を買おうと思い、カーラと共に買い物に出たのだ。

「ここの店は、特に子供向けの絵本が豊富なようですね」

カーラが書店の前で言う。

書店には可愛らしい動物が彫られた看板が掲げられており、店頭に積み木や馬車のおもちゃが『あそんだらかたづけてね』という文字と共に置かれている。

「そうね。ここなら良いものがあるかしら」

クラリッサは早速書店に入り、中に並んだ薄く大きな本を一冊引き抜いた。ぱらぱらと目を通すと、その本は神話に基づいたもので、教会が身近な子供達には良さそうだった。

シリーズを全てまとめて取り出してカーラに渡す。中途半端に買っても仕方ないのだから、たくさん読めるように馬車に積めるだけ買えば良い。

他に良い本がないだろうかと考えながら、クラリッサは先日の子供達のことを思い出した。

たくさんの未来の可能性がある、という言葉を聞いた子供達は、驚いた顔をしていた。そもそも子供達は、孤児院と教会のことしか知らない。外に働きに出る子供達はその仕事のことなら知っているだろうが、他の子供達のように多くの職業を知り、触れる機会もないだろう。

ならば、せめて本から様々なことに触れてほしい。

森の動物達のレストランや、妖精達の学校、女神の化粧品。

色の多い本は高価だが、クラリッサは気にせず選んでいった。

あまりの本の多さと金額に驚いた店主に、クラリッサは微笑む。そして、一枚の紙を取り出した。

「これらと全く同じ本を、ここにも届けたいの。お願いできるかしら」

書かれているのはクラリッサが通っている他の孤児院だ。本当は領内全てに配備したいが、クラリッサ一人だけではとてもできない。ならば、手の届くところから行動して、うまくいけば制度化してもらえるようにしたい。

ラウレンツは子供達のためになることなら、たとえ嫌いなクラリッサからの願いであっても受け入れるだろう。

紙を見た店主は、クラリッサが高位貴族の人間だと気が付いたようだ。

「か、かしこまりました。お代はどちらに――」

貴族達は大量に購入するとき、代金をつけにして家に請求させることが多い。クラリッサもそうだと思ったのだろう。

しかしクラリッサはカーラを呼び、持たせていた袋を受け取った。中には金貨と銀貨がしっかり入っている。クラリッサが自身のドレスや宝飾品を売って得たポケットマネーだ。

「ここで支払っていくわ。申し訳ないのだけれど、計算を頼めるかしら」

「は、はい。すぐに！」

店主が慌てて算盤を弾《はじ》きながら、本のリストを作っていく。

店内の本を見ながらしばらく待ち、店主が計算した合計金額を払う。リストの確認も済ませて、本の山を前にクラリッサは気合いを入れた。

「よしっ。カーラ、一緒に運ぶわよ」

「クラリッサ様はお待ちください！」

「そんな。これ全部カーラにはやらせられないわ」

今日は孤児院に行く予定のため、クラリッサは御者とカーラしか連れてきていない。だから手伝おうかと思ったのだが、どうやらカーラは受け入れがたいようだ。

とはいえカーラだけに運ばせる量ではないと思い、クラリッサも控えめに四冊を抱えて外に出る。

「あら……」

外は激しく雨が降っていた。

先程までは曇りだったのに、いつの間に降り始めたのだろう。ざあざあと滝のような雨音が、周囲の音を呑み込んでいる。

突然の雨のせいで、道を歩いていた通行人は皆どこかで雨宿りをしているようだ。

カーラが眉間に皺を寄せる。

「これじゃ本が運べません……馬車をこちらに寄せてもらいましょう。クラリッサ様、少々お待ちくださいませ」

馬車には店の邪魔にならないように、道の端で待ってもらっていた。

カーラはクラリッサが引き留めるのも構わずに本を置き、店主に借りた傘を差して駆けだしていく。

一人残されたクラリッサは、本が濡れないよう店内に置き、また軒下に戻ってきた。傘を差していても足下は濡れてしまうだろう。もしカーラに必要ならば、孤児院に行く前に新しい靴を買わなければ。

ぼーっと雨を眺めてカーラの戻りを待っていると、突然クラリッサの前にがたいの良い男性が三人立ちはだかった。

誰も傘を差していない。見るからに異様な風貌の男性に囲まれ、クラリッサは背筋を伸ばし正面の男性をきいっと睨み付ける。

「――私に、何かご用でしょうか」

街道に他に人気はない。

カーラの姿はまだ見えない。

男性の一人が、胸元から一丁の拳銃を取り出しクラリッサに向けた。

「大人しく付いてきてもらおう」

クラリッサは初めて見る物に目を見張る。

アベリア王国にはないそれは、人を殺傷する能力がある飛び道具である。クレオーメ帝国で発明されたそれは、まだ軍隊とごく一部の貴族間にしか流通していないはずだ。

こんな破落戸《ごろつき》が持っているのはおかしい。

「子供達の命が惜しければ、な」

クラリッサは唇を噛む。

やられた、と思った。

破落戸だけならば、クラリッサとカーラが力を合わせればどうにかなるかもしれないと思っていた。たとえ拳銃を持っていたとしても、取り上げてしまえば良い。

カーラはクラリッサの護衛ができる程度の強さがあるし、クラリッサも簡単な護身術程度は身に付けている。カーラが戻るまで長引かせれば勝ち目はあった。

しかし、子供達のことを出してくる時点で、クラリッサの負けだった。

町の孤児院に護衛は置いていない。この男性の仲間が武器を持って、今にも孤児院を襲うかもしれないとなれば、クラリッサは抵抗できない。

「言うことを聞けば何もしねえよ。ただ、反抗すれば子供達が挽肉《ひきにく》になっても責任は取れねえなぁ」

「……分かったわ。付いていく。だから……子供達には何もしないで」

拳銃を持っていない男性二人が、クラリッサの左右の手首を摑む。加減のない力に、クラリッサは顔を顰めた。

「こっちだ、早く来い」

両の手首を引かれたクラリッサは、土砂降りの中無理矢理走らされた。雨がコートに染み込んで、どんどん重くなっていく。

クラリッサの足が縺《もつ》れても、男達は立ち止まりもしない。

ばしゃん、とクラリッサが転んだ。

引かれた腕のせいで、地面に膝が強く擦れる。

「――……っ」

「早く立て！」

拳銃を突きつけられて無理矢理立ち上がらされ、痛む足で駆けた。

連れて行かれたのは路地裏だった。商業地区から少し離れたところにある酒場が並ぶ通りの奥だ。

そこには、窓のない幌《ほろ》付きの荷馬車が止まっていた。

クラリッサは手首を一つにまとめて縛られ、破落戸の一人が馬車の準備をし始めた。

雨に体温を奪われながら、クラリッサは震える足で立っていた。

今から攫《さら》われるのだと思うと、身体が竦《すく》む。

一体誰がと考えるが、答えは出ない。クラリッサが恨みを買っているだろう人間なら、これまでの人生で数え切れないほどいる。

「命令がなければ、俺達がここで犯してやるんだけどな」

「おい、下手なことすんな。あのお方にどやされるぞ」

「面倒くせえな。これだからお貴族様は」

「余計なこと言うな！」

やはり相手は貴族なのだ。ならば、孤児院のことはただの脅しではない。

震えが大きくなったクラリッサは、馬車の支度が終わると同時に荷馬車の中に突き飛ばされた。肩が床にぶつかって、だんと激しい音が鳴る。すぐに幌が下ろされ、クラリッサ一人を残して破落戸達は屋根付きの御者台に移動する。

逃げられるかも、と思ったのは一瞬だった。

とても身体を起こしてはいられないほど乱暴な運転に、上半身を起こしかけたクラリッサはまた床に倒れた。だから見張りを置かず、全員が御者台に向かったのだ。

悔しい。これまでも孤児院を含めなにかと外出していたクラリッサだが、いつもカーラを連れていた。カーラも周囲の人間にはよく気を付けていたし、クラリッサもそうだ。

こんなに簡単に攫われるような行動はしていなかったつもりだ。

「……っ！」

馬車が揺れる。

クラリッサは舌を噛まないようにぐっと歯を食いしばった。

カーラが戻ってくるのに、こんなに時間がかかったこともおかしい。ならば馬車か御者にもなんらかのトラブルがあったことは明白だ。

カーラと御者が怪我などしていないと良い。

隙間から僅かに光が差し込むだけの薄暗い空間で、クラリッサは目を閉じ、ひたすらに二人の無事を祈った。

聞こえるのは乱暴に運転される馬車の音と、悲鳴すら掻き消されるだろう激しい雨の音だけ。

じっとりと湿った服が、真冬の寒さでクラリッサから温度を奪っていく。揺れる馬車による痛みがなければ、とっくに意識を失っていただろう。

こんなことなら、迷惑がられてもラウレンツの側にいれば良かった。もっと積極的にアプローチをすれば良かった。あの声を、もっと聞いていたかった。

身体の痛みも、もうクラリッサの意識を保《も》たせるには弱い。もう意識を手放してしまおうと諦めかけたそのとき、これまで聞こえていた音とは違う音が微《かす》かに聞こえた。

「――クラ……サ……」

声だ。

雨に交じって、声が聞こえる。

普通ならば雨音で届くはずがない声だった。

しかし、クラリッサの耳には確かに聞こえる。

心臓が、ぎゅっと何かに摑まれた気がした。

この声をクラリッサが聞き逃すはずがない。大好きな人の、何よりもクラリッサの心を揺さぶる、誰のそれよりも愛しい声。

幌を止めていた紐が解かれ、揺れる布が荷馬車の中を明るくする。突然の明るさに目を細めたクラリッサは、雨に濡れても輝いているプラチナブロンドに目を見張る。

堪えていた涙が溢れ落ちた。

「クラリッサ！」

隠しきれない怒りを滲ませた厳しい声が、クラリッサの鼓膜を震わせる。

揺れる馬車の中、ラウレンツがクラリッサの身体を両手で支えて抱え起こした。両手首を縛る縄を短刀で切り、クラリッサを自由にしてくれる。

眼鏡が濡れて、青い瞳がよく見えなかった。

「──ラ、ウ……レンツ……」

震える声ではうまく名前も呼べなくて、クラリッサは現実だと確かめようとラウレンツの頰に手を伸ばした。しかし触れる直前で、目に映る指が土と埃《ほこり》で黒くなっていることに気付く。

視線を揺らして、手を引いた。

「……構わないから」

ラウレンツがその手を摑んで、自身の頰に触れさせる。

クラリッサの鼓動が、大きく鳴った。

しっとりと濡れた頬は冬の風と雨で冷えているはずなのに、クラリッサの指先よりも少し温かい。その温度差に、ラウレンツが顔を顰める。

「冷たいな」

「……ごめ、なさ――」

咄嗟に謝罪の言葉を口にしたクラリッサに、ラウレンツが溜息を吐く。

「男達を捕らえてくる。すぐ戻るから待っていて」

「あ……け、拳銃が」

クラリッサが言うと、ラウレンツははっと驚いた顔をして、真剣に一度頷いた。

「大丈夫だから」

クラリッサを安心させるように張り詰めた表情の口角だけを無理矢理上げたラウレンツが、馬車の後を追っていた馬に飛び移る。

幌の隙間から見えたラウレンツは、すぐに中からは見えなくなった。

両手が自由になったクラリッサは、自身の身体を守るように抱きしめながら耳を澄ませた。

どん、どん、と発砲音が二回聞こえた。

雨音を切り裂いてはっきりと耳に届いた音に、クラリッサは身体を震わせる。

馬車ががたんと縦に大きく揺れ、同時に勢いよく速度を落とした。

がらの悪い怒声が聞こえる。荷馬車の周囲から複数の馬の蹄《ひづめ》の音が聞こえて、クラリッサはようやく、どうやら助かったらしいと理解した。

幌が大きく開けられ、ラウレンツが姿を見せる。

「待たせたね。今日は邸に戻って――」

クラリッサを安心させようとしているのだろう。ラウレンツは自身もびしょ濡れで足元が泥で汚れているにも拘らず、それを全く気にしていないというように、クラリッサに微笑んでみせる。

しかしクラリッサは青灰色の宮廷衣装の胸元についた赤黒い染みを見つけて、顔を青くした。

「そ、それ……お怪我、を……?」

震える声で問いかけると、ラウレンツがクラリッサの視線の先を追いかけ、その染みを見つける。

「あー、違う。これは私の血ではないから、心配はいらないよ」

しまった、と顔に書いてあった。きっと、クラリッサが血を怖がったと思ったのだろう。それとも、破落戸から血を流させた自分が怖がられると思ったのかもしれない。

「……よかった、です」

「それにしても、ほとんど抵抗もせず付いていくとはなんて愚かなことを。貴女は護身術の一つも学んで来なかったのか？　カーラ以外側に寄せ付けないというのに、この体たらくでは今後はもっと使用人を付け、外出に家の護衛を連れて――」

安堵しかけたクラリッサは、はっと身体を強ばらせた。

クラリッサが何故破落戸達に抵抗できなかったのか、黙って付いていったのかを思い出したのだ。

「……どうした？」

「ラウレンツ。た、いへんなの。孤児院の子供達が、人質になっているはず。は……やく、騎士に

――っ！」

震える声で、必死でラウレンツに訴える。

ラウレンツはクラリッサの赤い瞳をはっと正面から見据え、すぐにクラリッサを両手に抱えた。

外はまだ雨が降っている。

ラウレンツが身につけていたマントでクラリッサを覆う。抱かれたまま荷馬車から降ろされたクラリッサは、突然の揺れに落ちないようにと咄嗟にラウレンツの首に腕を回した。

濡れたマントもラウレンツもとても冷たいのに、クラリッサの冷えて強ばっていた身体が、肌が触れた部分から急速に温度を取り戻していくようだ。

周囲には何人もの騎士がいて、破落戸達は縄に掛けられていた。

騎士のうちの一人に、ラウレンツが近付く。

「妻は孤児院の子供達を人質にされていたらしい。騎士を向かわせて安全を確保するように」

「了解しました。どちらの孤児院でしょうか」

騎士からの問いに、ラウレンツはクラリッサが通っていた複数の孤児院の名前をすらすらと答えた。

「とはいえ念のため、皇都内の孤児院も確認した方が良いだろう。よろしく頼む」

「はっ！」

騎士がラウレンツに敬礼をする。ラウレンツはそれを受け、すぐに踵を返した。

雨がマントを打つ音がする。

ラウレンツの体温がクラリッサのそれよりも温かくて、自分のものではない少し早い鼓動の音が眠気を誘う。

もう、大丈夫だ。

クラリッサは今度こそ安堵して、迫る眠気の中に身を沈めた。

◇◇◇

腕の中で意識を失ったクラリッサを見て、ラウレンツはどうしようもなく動揺した。

顔が青い。全身が氷のように冷たくて、抱き上げているラウレンツの腕までもじっとりと雨水に濡れていた。

「――家に帰る」

「え、あのでも奥様は皇城に連れて行った方が……」

騎士がラウレンツを引き留めようとする。

しかしラウレンツは、もうこれ以上クラリッサを雨にも人の目にも触れさせたくなかった。

「明日以降連絡する」

それだけ言い残して、追って来させていたフェルステル公爵家の馬車に乗り込んだ。

窓のカーテンを閉め、クラリッサが着ていたコートを脱がせる。じっとりと重いコートは、水気を含んでじっとりと重かった。床に落とすと、すぐに水が染みを作る。

そのまま座席の下から取り出した毛布でくるんで温めようとして、着ているカーディガンとスカートもぐっしょりと濡れていることに気付いた。

「こんなに濡れて……」

ラウレンツは濡れた衣服を脱がせながら唇を嚙む。

ラウレンツがクラリッサを追いかけることができたのは偶然だった。

午前中に商人達との会合があり、帰り道に商業地区を通りかかったところ、フェルステル公爵家の馬車の車軸が折れ曲がって動けなくなっているのを見つけたのだ。

公爵家の馬車は毎朝の点検を義務づけている。そのため、車軸が歪んでいたり金属がすり減っていたりしたらすぐに気付くことができるようになっていた。

それなのに、車軸のトラブルなどおかしなことだ。

不審に思ってカーラから事情を聞いたラウレンツは、待たせているというクラリッサの身が気がかりで、書店に向かった。

しかし、そこにいたのは店主だけ。雨で外の様子もよく見えていなかったと言うので、ラウレンツはすぐに店の外に出て周囲を探し回った。

豪雨の中、通常ではあり得ない速度で走る馬車はとても目を引いた。咄嗟に荷台を見ると、幌の隙間から白い上質な布が覗いている。それはどう見ても貴人の服だった。

ラウレンツはすぐに引き返し、馬車から馬を外して飛び乗った。御者とカーラに急ぎ騎士を呼ぶよう伝え、雨のせいで流れてしまいそうな轍《わだち》を全速力で追いかける。

ラウレンツが追いついたのは、皇都の外れだった。その頃には騎士達が揃っており、その内の一人に馬を預けて荷台に飛び移った。

怪我をし、凍えているクラリッサは自分より子供達のことを心配し、伝えるとすぐ意識を失ってしまった。

「――こんな無茶を」

肌着だけの姿から目を逸らして、今度こそ毛布で包んだ。指先の触れた肩が氷のようで、ラウレンツは眉間に皺を寄せる。

「くそ……っ！」

ラウレンツはびしょ濡れの自身の上着を脱ぎ捨てて、毛布の上からクラリッサを抱き締める。少しでも温めなければ、このまま死んでしまうかもしれないと思った。

頭に浮かぶのは幼い頃のクラリッサだ。今のクラリッサが悪女だろうが関係ない。あの可愛い女の子が命を落とすなど、絶対に許せない。

それなのに、孤児院で見た子供達に囲まれている姿が脳裏をちらついた。ラウレンツには決して向けてくれない優しい微笑みが、雨に濡れたラウレンツの身体を温める。そんなことが、どうしようもなく悔しかった。

しばらくして、馬車はフェルステル公爵邸に着いた。ラウレンツがクラリッサを抱えて馬車を降りると、すぐに先に帰していたカーラが駆け寄ってくる。

カーラは毛布に包《くる》まった意識がないクラリッサを見て、顔を青くした。

「クラリッサ様……！　ああ……そんな――」

ラウレンツはあえてそれには言及せず、側で控えながら悲痛な顔をしているクラリッサの侍女達に話しかける。

「侍医は」

「部屋で待機していただいております」

「分かった」

ラウレンツは少しでも早く、とクラリッサを私室に運んだ。

待っていた侍医はクラリッサの姿を見て顔色を変え、すぐに女性使用人だけを置いて退出するようにと言われた。

ラウレンツは追い出されるようにして部屋を出る。

扉が閉まる直前に、部屋の中から鋭い声で指示を出す侍医の声が聞こえた。


手早く入浴と着替えを済ませたラウレンツは、邸を訪れた騎士達から聴取を受けていた。

公爵夫人が攫われかけたのだから、重大事件だ。

取り返すことはできたが、クラリッサは今診察を受けている。冬に雨に濡れ、荷馬車で乱暴に運ばれていたクラリッサの体温を感じない身体を思い出すと、ラウレンツの胸が痛む。

どうか、何事もないように。そう願うことしかできなかった。

「――それで、犯人は？」

ラウレンツは騎士に問いかける。

騎士は目を伏せ、首を振る。

「今のところ、所持品からは誰の手の者か特定できておりません」

「拳銃を持っていたのだから、貴族と繋がっているはずだ」

クラリッサが怯《おび》えていた通り、破落戸の一人が拳銃を持っていた。クレオーメ帝国で発明された拳銃は、一部の貴族と軍の者しか所持していない。

ただの破落戸が持っているはずがないのだから、そこから炙《あぶ》り出せないかと考える。

「それが、国軍で拳銃が一丁行方不明になっており、それが今回使用されたものと一致しているようで――」

「なんということを！」

ラウレンツは咄嗟に拳をテーブルに叩き付ける。

厳重な注意が必要な武器として管理を徹底しているものだ。それが行方不明になっていて、何故ラウレンツのところに報告が来ていないのか。

じんじんと痛む拳を握り締め、騎士を睨んだ。

「何故報告が来ていない？　エルトル侯爵からも何も聞いていないが」

「こ、侯爵もご存じでなかったようです」

騎士が怯えた様子で答える。

ラウレンツは状況を理解して、手の力を抜いた。

「――現場で隠蔽されたのだろう。紛失した軍人と、隠蔽に協力した者がどこの派閥か確認して、私と兄上に報告してくれ」

「承知しました！」

騎士が敬礼をして部屋を飛び出していく。

入れ替わりで入ってきた騎士が、ラウレンツに一礼した。

「ご指示いただいた孤児院を全て確認いたしました。フェルステル公爵領内の孤児院にて、武装した者達を確認したため、全員拘束し地下牢《ろう》に繋いでおります。以降の取り調べは、特務の者達が行うとのことです」

ラウレンツはその報告に、ほっと息を吐いた。

どうやら、クラリッサが恐れた最悪の事態は防ぐことができたようだ。

「良かった……ご苦労さま」

溜息交じりの激励に、騎士が目を泳がせる。

「いえ。あの、夫人は……」

「まだ治療中だ」

短く答えると、騎士は謝罪して部屋を出ていった。

ラウレンツは両手で顔を覆った。

悪女が子供達を人質にされ反撃できないなど、あり得るのだろうか。

意識を失う最後まで子供達のことを気に掛けているなんて、それでは、ただの善人だ。これまでラウレンツが見てきたクラリッサは、何だったのだろう。

「——エルマー」

「何でしょうか、旦那様」

部屋の端に控えていたエルマーが返事をする。

「クラリッサがここに嫁いでからの素行と金の流れをまとめてくれ」

ラウレンツは決心して、エルマーに指示を出した。

◇◇◇

意識を取り戻したクラリッサは、ふわりとした布団の温かな感触と慣れた香りに、ここがフェルステル公爵邸の自分の部屋だと理解した。

駆けつけてきたラウレンツと騎士達に助けられた記憶があるから、犯人達も捕まったのだろう。

カーテン越しの日の光が眩しい。

痛む頭と重い身体を面倒に感じながら、両手をついて上半身を起こす。

すると、額に乗っていた濡れたタオルがぽとんと落ちてきた。

「あれ？　これって……」

横を見ると、氷が入った盥《たらい》が置かれている。熱を出していたのだろうか。それなら、頭の痛みと身体の重さにも納得できる。

側で介抱してくれたのはカーラだろう。いつも心配と迷惑ばかりかけてしまう。そう思って周囲を見て、クラリッサはそこにいた予想外の人物に目を丸くした。

「ラウレンツ……？」

ラウレンツが寝台の横に置いた椅子に座って、頭を寝台に乗せて眠っている。緩く波打つプラチナブロンドはあまり手入れされていないようで、いつもより艶がなく少し絡まっていた。眼鏡をつけたままだから、うっかり眠ってしまったのかもしれない。

クラリッサのことを嫌っているはずのラウレンツが、何故ここで眠っているのだろう。不思議に思って見つめていると、長い睫《まつげ》が小さく震えた。

ゆっくりと持ち上げられて覗いた青い瞳が、クラリッサを捉えて見開かれる。

綺麗な肌に、青い隈が目立っている。

眠れずにいたのだろうか。

「ク……ラリッサ……？」

僅かに上下したラウレンツの喉から、掠《かす》れた声が漏れた。

クラリッサは初めて聞く甘い響きに身体を震わせる。

「目が覚めたのか。良かった……本当に、良かった」

動揺するクラリッサに伸ばされた力強い腕。大きな身体が、クラリッサを引き寄せる。

「きゃ……っ」

次の瞬間、クラリッサはラウレンツの腕の中にいた。

抱き締められている、と気付いた瞬間、クラリッサの顔が赤くなる。勢いのままに触れ合った頬が、ラウレンツとの体温の差を思い知らせた。

なんだか良い匂いがする。石鹸《せっけん》のような、花のような爽やかな香りは、ラウレンツのものだろう。強く濃く香って、それがクラリッサの頭をふわふわと溶かしていくようだ。

ラウレンツは腕を緩めないまま、口を開いた。

「クラリッサが言ったとおり、孤児院の一つが武装集団に狙われていた。全員確保して、拘束の上取り調べを進めている。必ず黒幕を突き止めよう」

びくり、と身体が固まった。

それに気付いたラウレンツが、宥めるようにクラリッサの背中を優しく撫で擦る。

「……伝えてくれてありがとう。子供達を危険から守ってくれて、ありがとう」

その声で、クラリッサの身体から力が抜けた。

「良かったです……」

気が抜けると涙が溢れてくる。零れたそれがラウレンツの白いシャツに落ちて、染みを作った。

「侍女と二人きりで出かけてたことに気付かなくてごめん。これからは護衛を増やして、クラリッサがいつでも安全でいられるようにするから」

クラリッサを抱く腕の力が強くなる。

何が起きているのか分からない。どうしてラウレンツはこんなにクラリッサを抱き締めているのか。強く抱き締められれば抱き締められるほど、声を発するときの振動までも直接身体に伝わってくる。大好きなラウレンツの大好きな声に全身が震えて、どうにかなってしまいそうだ。

「本当に、すまなかった……」

ラウレンツの深刻な声が、クラリッサの罪悪感を刺激する。

どうやらクラリッサが危険な目に遭ったことで、ラウレンツはとても責任を感じているらしい。

しかし、これはクラリッサのせいでもある。格好付けようとして、ラウレンツに言わずに孤児院と教会に通い詰め、使用人に迷惑を掛けないようにと黙って行動していたのだ。

公爵夫人として、もっと気を付けるべきだった。

アベリア王国での監視の日々から逃れられたことで、すっかり気が抜けていた。

「そ、そんな。謝らないでください。私だって隠れて色々していたので──」

「いや、私が悪いよ。このまま目覚めなかったらどうしようかと」

ラウレンツの声は、後悔に震えている。

クラリッサはようやく気付いた。

外は綺麗な晴天で、雲一つない。事件のときには大雨が降っていたにも拘らずだ。もしかして、丸一日眠ってしまっていたのではないか。

嫌な予感がしたクラリッサは、おずおずとラウレンツに問いかける。

「──私、どれくらい眠っていたの？」

「三日だよ」

「三日⁉　……っ！」

あまりのことに大きな声を出したクラリッサは、乾燥した喉が痛んで咳《せ》き込んだ。

ラウレンツがクラリッサを抱き締める腕を離して、サイドテーブルから水が入ったコップを取り差し出してくる。

クラリッサは小さく咳き込みながらコップを受け取って、ゆっくりと喉を潤した。

コップが空になると、ラウレンツが受け取ってテーブルに置く。

自由になったクラリッサの手が、ラウレンツの手に包むように握られた。

「四十度を超える熱が出たんだ。なかなか下がらなくて、心配した」

「それは……本当にごめんなさい」

三日も目覚めなければ、誰だって心配するだろう。

いくら悪女相手であったとしても、望まぬ妻であったとしても、それによって子供達が助かったのなら、これくらいの対応はして当然かもしれない。

ようやく落ち着いてきたクラリッサは、三日分の後れを取り戻すため寝台を出ようとした。

新聞と手紙を確認して、休んでしまったお詫《わ》びの手紙を教会に出して、代わりの授業の日程を決めなければならない。商人のドミニクとも子供達の教材の件で約束をしていたから、予定通りできるかカーラに確認しなければ。

手をついて動かした重い身体が、ラウレンツの腕で寝台に戻される。

力が入らない身体は、簡単に寝台に戻された。え、と思ったときには、また布団を掛けられ、盥の水に入れて冷やされたタオルが額に乗っている。

ラウレンツが不機嫌そうな顔でクラリッサを見下ろした。

「……必要な連絡は私がするから、貴女は完治するまできちんと休むように。良いね？」

「でも」

ラウレンツが反論しかけたクラリッサを制して、起き上がれないように布団の上からクラリッサの肩を押さえる。

「分かった？」

強引な言葉に、引き攣った顔。

これ以上クラリッサが何かを言えば、次の瞬間には怒られてしまいそうだ。ちぐはぐな感情を孕《はら》んだ表情に、クラリッサはひくりと口角を震わせて身体の力を抜いた。

「分かった。分かったから……」

クラリッサが大人しく横になると、ラウレンツは侍医を呼んで来ると言って部屋を出ていった。

代わりに入ってきたカーラが、目覚めたクラリッサを見て目を見開く。

「クラリッサ……様……？」

カーラの目から涙が零れる。

「――心配掛けてごめんね、カーラ」

クラリッサが微笑むと、カーラはその場にぺたりと頽《くずお》れ、子供のように泣き出した。

8章　二人の距離

目覚めて一週間が経ち、クラリッサはようやく部屋から出ることができた。

熱はあの後二日ほどで下がったのだが、縛られた手首と転んだときの膝の傷が残っていた。突然過保護になったラウレンツがそれを見て、まだ治っていない、と言って許可しなかったのだ。

腕の傷が消え、膝の瘡蓋《かさぶた》も取れ始めたという頃、クラリッサはどうにか侍医に、もう普段通りの生活をして体力を取り戻すように、と言わせることができた。

そうして自由になったのだが、早速翌日書店に謝罪と注文の確認に向かったところ、公爵家の護衛が二人付けられて驚いた。エルマーに確認すると、彼らはクラリッサの専属で、どうやら今後全ての外出に同行するらしい。

「なんだか、突然公爵夫人になったみたい」

クラリッサが溜息交じりに言うと、カーラが苦笑する。

「まあ、旦那様にも思うところがあったのでしょう」

「思うところ……これまでの方がおかしかったのよね。仕方ないわ」

カーラと二人きりの身軽な外出は気楽で良かったのだが、やはり普通はあり得ないことだったらしい。

お忍びというのも、難しいものだ。

そこまで考えて、クラリッサははっと気付いた。

「――って、カーラ。貴女、『旦那様』って」

これまでカーラはラウレンツなどクラリッサの夫と認めないと、ずっと爵位で呼んでいた。

それなのに、今、確かにカーラは旦那様と言った。

「そ、そろそろ認めてあげようと思いまして」

カーラがばつが悪そうに目を逸らす。

クラリッサは笑いを堪えて、カーラが淹れてくれた紅茶を一口飲んだ。

それから、小さく溜息を吐く。

「でも、お医者様の言うとおり、本当に体力は落ちちゃったみたいだわ。もう少し身体を動かさないと」

書店に行って少し散策しただけでも疲れてしまった。

随分寝込んでいたから仕方ないと思いつつも、思うように動けないというのは辛い。

「それでは、庭を散策してみるのはいかがでしょう。邸の庭は広いですし、良い運動になりそうです」

「そういえば、ほとんど行っていなかったわね」

嫁いできてすぐにエルマーに案内されて以来だ。

クラリッサはカーラの提案に二つ返事で頷いて、散策用に身なりを整え、新調したベージュのウールのマントを羽織った。

クラリッサは邸の中だから大丈夫だと言って、渋るカーラを置いて裏庭にやってきた。

庭には、冬でも楽しめるよう様々な植物が植えられていた。特に邸の窓から見える範囲は、目を楽しませる草花が美しく整えられている。しかし以前エルマーに案内させて知ったが、この裏庭は少し奥に踏み込めばラウレンツの研究のための薬草園になっているのだ。

体力が落ちている自覚があるクラリッサは、内心で丁度良い薬草が生えていないかと思いながら奥の方へと足を向けた。

できるだけ自然のままを意識して植えられた様々な草木を見ていると、その中に見たことのある木を見つけた。

「あら、これネズミモチだわ」

冬でも綺麗な緑色の葉を落とさずにいるその低木は、秋に付けたはずの実が綺麗に採取された跡がある。ネズミモチの実は乾燥させると、病後の回復のための薬に使うことができる。

丁度クラリッサの手持ちの分は使い切っていた。

「きっと採取されているはずだわ。エルマーに頼んで、少し分けてもらおうかしら……」

誰に聞かせるつもりもなく呟いたとき、クラリッサの背後でがさりと音がした。

「エルマーに何を頼むの？」

クラリッサが聞き慣れた声に振り返ると、そこにはラウレンツがいた。今日は仕事ではなかったのだろうか。

疑問に思ってつい黙ってしまったクラリッサに、ラウレンツは僅かに眉間に皺を寄せる。

「今日は邸で仕事をしていたんだ。――それより、まだ貴女は病み上がりだろう。冬の庭を一人で歩くなんて、一体何を考えてるの？　もう少し自分の身体を労ったら？」

ラウレンツは、話しながら、持っていたチェック柄のマフラーをクラリッサの首に掛けた。

「え……？」

「別に寒そうだから追ってきたわけじゃないから。丁度外を歩こうと思ったら貴女がふらふらしていたから、声をかけてみたんだ。……ほら、ちゃんと巻いて」

言葉の割に、優しい声だ。

左右の端を持ってぐるぐると巻き付けられたマフラーは、クラリッサの口元までも覆ってしまった。

不器用な温かさに、クラリッサの頬が緩む。

「……それで、エルマーに頼もうかって何のことだったのか、聞かせてくれるよね？」

ラウレンツがそう言って、クラリッサの口元にかかったマフラーをそっと顎の下まで引き下げた。

ぶっきらぼうな手つきなのに、俯きがちに窺った眼鏡の奥の目は照れたように逸らされている。

僅かに染まった頬は、寒さのせいか、それともクラリッサのそれと同じ理由だろうか。

クラリッサは直視できない恥ずかしさを誤魔化すように、またネズミモチの木に視線を向けた。

「この木の実を干していたのなら、少し分けてもらおうかと思ったのよ」

ラウレンツもクラリッサの視線を追って木に目を向ける。

「ネズミモチの実なら、乾燥させてあるはずだよ。後で届けるように——って、やっぱり体調が良くないの？」

「あ、違います！　ただ、早く普段通りに動けるようにしたくて」

突然過保護になったラウレンツに、クラリッサはつい苦笑する。

これまでこんなやりとりもなかったのだ。嬉しく思ってしまうのは、クラリッサが単純だからだろうか。

「そうか。……私も、貴女には早く元気になってほしい」

厳しいことを言われていても好きだった声だ。

こうして気遣われてしまったら、そんなの、幸せすぎるに決まっている。

「あ、ありがとう。それじゃ、私は部屋に——」

もうこれ以上、普通の顔ではいられそうにない。

真っ赤になった顔を隠すように、クラリッサは踵を返す。

「クラリッサ」

名前を呼ばれて、足を止めた。

「再来週の皇城での夜会、一緒に行ってほしいんだけど……体調が悪かったら断ろう」

「大丈夫よ。ドレスとかは揃っているから、心配しないで」

クラリッサはそう言って、早足で部屋に戻った。

夜会の日までに、完璧に体調を戻さなければならない。今すぐ部屋に戻って、少しでも身体を動かして筋力を戻していきたい。

クラリッサは二週間後の夜会に向けて気合いを入れるべく、握った拳を思いきり青い空に突き上げた。

それから二週間後、皇城では大規模な夜会が開かれた。

ラウレンツと共に行くことになったクラリッサは、キャシーに仕立ててもらっていたドレスの中から、淡い紫色のドレスを選んだ。

首元が詰まっていて、胸の上までドレスと同色の上品なレースが使われているものだ。同じレースのグローブを身につけると、すっきりとまとまった。

装飾品も全て銀色のシンプルなもので統一した。だからこそ、銀色の髪に飾った白い薔薇と、耳元で揺れるシトリンの耳飾りに人々の視線が集中する。

最初のダンスを終えたクラリッサは、ラウレンツと共に皇族のもとへ挨拶に向かった。

皇帝夫妻に挨拶をして、皇太子夫妻の前へ。ラウレンツの隣で礼をして顔を上げると、レオノーラがクラリッサの耳飾りを見て口角を上げた。

「まあ、クラリッサちゃん。私があげた耳飾り、つけてきてくれたのね！」

レオノーラの声は四人だけの会話には大きすぎるくらいの声だった。

そもそも、クラリッサはレオノーラからクラリッサちゃんなどと呼ばれたことがない。

挨拶を待っている貴族達から、ざわざわと噂が広がっていく。

「ありがとうございます、お義母様。先日のお茶会も楽しかったです」

「ありがとう、私もよ。また誘うわね」

クラリッサとレオノーラの会話をラウレンツが驚いたように見ている。

皇城にいるラウレンツなら、クラリッサとレオノーラが茶会をしたことは聞いているかもしれない。だが、そこでどれだけ仲良くしたかなどは知らないだろう。

そして今、レオノーラがクラリッサを支援していることが広く伝わるように行動したため、クラリッサもあえてそれに乗ったのだ。

ざわざわ、ざわざわ。

喧騒の中から、クラリッサとラウレンツの名前が聞こえてくる。アベリア王国などという小国から嫁いできた王女で、たいした影響力も無いと思っていたのにどういうことだと困惑しているのだろう。

きっと今頃、以前の夜会でクラリッサに絡んできた令嬢達は慌てているに違いない。

未婚の令嬢達にとって、皇太子妃が与える影響はとても大きい。嫌われたら、結婚が難しくなることだってあるのだ。

「クラリッサ、母と仲良くしてくれてありがとう」

ラウレンツが手の甲に口付けながら言う。

クラリッサは微笑んで、小さく首を振った。

「私こそ、仲良くしてくれて嬉しいわ」

少し肩を近付けると、ラウレンツがクラリッサの腰をそっと抱く。

甲高い悲鳴が聞こえた。何人かの令嬢は、倒れているに違いない。

「ふ、ふふ……二人とも。今度は一緒に食事でもしよう」

「ええ、父上」

ラウレンツが答える。

軽く挨拶をしてその場を離れてから、クラリッサはラウレンツの涼しげな顔を見上げた。

そのなんでもないというような表情も恨めしい。

「やりすぎだったんじゃないかしら？」

「そうかな」

「倒れた人もいるみたいよ？」

会場では何人もの令嬢が運ばれたり椅子で休んだりしている。

今運ばれている令嬢なんて、綺麗な黄色のドレスに真っ赤な葡萄酒の染みが付いていた。きっと飲んでいる最中に倒れたのだろう。

「――……って、あら。あれってレベッカ・バシュ公爵令嬢じゃない」

改めて見ると、それは以前の夜会でクラリッサを転ばせたレベッカだった。

青い顔で後を追っているのはロジーナ達取り巻きだ。

「ああ。以前からしつこくて参っていたから、丁度良かったよ。ありがとう、クラリッサ」

ラウレンツが良い笑顔で言う。

クラリッサはそれを見て、かえってレベッカが気の毒だと思ってしまった。しかしクラリッサにそう思われるのも、レベッカ達は望まないだろう。

「……貴方、人気あるのね」

「どうもありがとう」

気軽なやりとりができるようになって、最近はラウレンツとの会話が楽しくなってきた。

クラリッサが小さく笑い声を上げる。

「ただ、夜会の雰囲気を私達のせいで台無しにするわけにはいかないかな」

言われて周囲を見ると、ざわざわと煩くて、せっかく楽団が演奏しているのに、ダンスフロアで踊る者達はかなり少ない。ダンスを見ている者も少なくてあまり良い雰囲気とは言えなかった。

ラウレンツが右手を差し出して、甘く笑う。

「――もう一曲、お願いしても良いかな?」

「勿論よ」

クラリッサとラウレンツのダンスで、視線を集めなければならない。

望むところだ。

クラリッサはラウレンツの手を取って、挑戦的に微笑んだ。

ラウレンツの身体に腕を回して、ゆっくりとダンスに入った。

少しずつステップを細かく華やかに変えていく。

そのとき、ラウレンツが口を開いた。

「三日後、予定はある？」

三日後は週末で、ラウレンツは休みだろう。クラリッサも特に用事はない。

「いいえ、ないけれど」

「じゃあ、空けておいてね」

ないけれど、だからといってこんなに気軽になんでもないことのように言われるとどうして良いか分からない。

これまで、こんな風に予定を聞かれたこともなかったのだ。

夜会などのときには必ずそう言われるし、特別な用事があるとは考えづらい。

まさかデートだろうかと考えて、乱れそうになったステップに慌ててダンスに集中した。


そして、約束の三日後。クラリッサはフェルステル公爵邸のサロンで、キャシーとドミニクを前に立ち尽くしていた。

キャシーによって持ち込まれたハンガーラックには複数のドレス。テーブルの上にはデザイン画が何枚も置かれている。ドミニクが持ってきたトランクには、いくつもの宝石が並んでいる。大きさ、カット、石の質。どれをとっても一級品である。

それらを前にして、ラウレンツは平然と一人掛けのソファーに座っていた。

「クラリッサ、そろそろ座ったらどうだ？」

ラウレンツが自分の隣のソファを手で示す。

クラリッサははっとして、言われるがまま腰を下ろした。

「……これは、一体どういうこと？」

「春の夜会に着ていく服を新調しようと思って。貴女にドレスを贈りたいから、贔屓にしていると
いう者達を呼んだんだ」

ラウレンツはなんでもないことだというように答える。

「奥様にドレスを贈られるなんて、素敵ですわ」

「宝石も合わせていただけるとのことで、商会一押しの品をお持ちいたしました」

キャシーとドミニクがにこにこと言う。

クラリッサは二人の態度に毒気を抜かれて、肩の力を抜いた。

「好きなものを選んで良いよ。私はクラリッサのドレスに合わせて決めるから」

ラウレンツも楽しげに目を細めている。

クラリッサはまず、キャシーが持ってきたドレスに目を向けた。買ってもらうとなると、いつも
自分で買うようにはいかない。どうしてもラウレンツに良く思われたい。

クラリッサが手に取ったのは、一番装飾の少ないオレンジ色のドレスだった。色こそはっきりと
しているものの、宝石はついていない、シンプルなデザインのものだ。むしろ地味と言って良いだ

ろう。

「……オレンジが好きなのか？」

「い、いいえ。好きというわけではないわ」

「じゃあどうしてこれにしたんだ？　好きな色を選ぶのが良いだろう。例えば……ああ、これはどうだ」

ラウレンツが触れたのは、まるでサファイアのような鮮やかな青色のドレスだった。誰がどう見ても、ラウレンツの瞳と同じ色だと思うだろう。

クラリッサが咄嗟に目を見張った。

「こっ、これは――」

「嫌？」

ラウレンツがクラリッサの態度を見て首を傾げる。

クラリッサは慌てて首を左右に振った。

「いいえ、好きな色ですわ！」

ラウレンツが気付いているか否かは分からないが、ラウレンツの瞳の色のドレスをラウレンツ自身から贈ってもらうなんて夢のような機会を逃すつもりはない。

「それなら良かった」

ラウレンツが言うと、キャシーがそのドレスを持ってくる。艶やかな生地で作られたドレスにふわりと柔らかな透ける布が重ねられており、上品で可愛らしい。

それを確認したラウレンツが、うーん、と声を漏らす。

「もっと華やかな方がクラリッサに似合う気がするな。これに合う宝石は何かあるか?」

「えっ」

咄嗟に声が漏れたクラリッサを無視して、キャシーが答える。

「それでしたら、ダイヤモンドがおすすめですわ」

「ええっ?」

それは大分高価な宝石だ。クラリッサは悪女ではないと思われるため、高価なものは選ばないようにしようとしていたのに。

「それなら、ダイヤモンドを散らしてもらおう」

「かしこまりました」

「えええ!?」

ラウレンツも乗り気で、注文を受けてキャシーが新たな紙にさらさらと流れるようにデザイン画を描いていく。

描き出されたドレスは、手袋の飾りのリボンにもダイヤモンドが付いていた。

「待ってこれ――」

「いいね、これにしよう」

「あのでも……っ」

こんなドレス、一体どれだけするのだろう。アベリア王国でクラリッサが浪費のために買っていた無駄に豪華なドレスより、ずっと高価な気がする。

しかしラウレンツはなんでもないというように、クラリッサに目を向けた。

「気に入らないところがあるのなら言って。貴女が気に入ったものにすることが一番なんだから」

クラリッサはキャシーからデザイン画を受け取った。

美しい青いドレスに、裏が透ける柔らかな布を重ね、踊るとスカート部分が水面のように広がるのだろう。スカートにあしらわれたダイヤモンドは、まるで弾む雫のように見えるに違いない。

どう見ても、素敵なデザインだった。

「す、素敵だと思います……」

金額を全く意識しない買い物に、クラリッサは文句が言えなかった。

しかしラウレンツがこれだと言うのなら構わないのだろう。

好きな人からこんなに高価な贈り物を選んでもらうなんて、初めての経験だ。クラリッサはずっとどきどきと煩い鼓動を聞かないふりで、並べられた華やかな飾りに目を向ける。

すると、黙ってここまでの様子を見ていたドミニクが口を開いた。

「——そちらのドレスに合うものでしたら、これらはいかがでしょうか」

テーブルに並べられた首飾りには、どれもダイヤモンドが使われている。ドレスが青いからかブルーサファイアは除かれていたが、ルビー、エメラルド、イエローサファイアと、いかにも質の良い石が選ばれていた。

「こ、これは……流石に……」

クラリッサの口元がひくりと動く。

ラウレンツが大粒のルビーが使われた首飾りを手に取った。チェーンの部分に小粒のダイヤモンドが使われているものだ。

それを、おもむろにクラリッサの顔の横に並べて、満足げに頷く。

「これにしよう」

ドミニクはそんなラウレンツを見て、納得したように頷いた。

「奥様の瞳と同じお色ですね」

「ああ。ここところこの石をシトリンに変えてもらえるかな？　母に貰った耳飾りがシトリンなんだ」

「承りました。素敵でございますね」

レオノーラに貰った耳飾りは、夜会の後しっかりと仕舞ってある。クラリッサは重要なときにだけつけようと決めていた。

ラウレンツが今注文している首飾りにもシトリンが使われているのなら、揃いで使うのに丁度良いだろうか。

「それでは、同じ宝石を使って髪飾りと靴を——」

キャシーが瞳をきらきらさせて、デザイン画をずいと差し出してくる。

そこには銀の土台に大粒のルビーといくつものダイヤモンドを乗せたデザインの髪飾りが描かれていた。靴にもダイヤモンドを縫い付ける徹底ぶりだ。

クラリッサはその絵にくらりとした。

普段からクラリッサはキャシーに金を掛けたドレスを作ってもらっていたが、悪女に見えないよう、慎ましやかな印象になるよう、装飾は基本控えめだった。これは悪女には決して見えないが、見たことがないほど美しく華やかなドレスになるだろう。クラリッサが着たら、どれだけ華やかになるか知れない。

「いいな、これにしよう。クラリッサも気に入ったか？」

宝飾品を選んでいるラウレンツは楽しそうだ。

「はい……素敵だと思います……」

クラリッサはもう諦めて、嬉しい感情に任せて溜息と共に同意の言葉を吐き出した。

それから、クラリッサのドレスと宝飾品に合わせてラウレンツの服も決めていく。クラリッサの服と比べてあっという間に選ばれた服は、色もデザインもクラリッサのドレスと揃いのものだ。まるで仲の良いパートナー同士のようで、クラリッサの頬が赤く染まる。

キャシーとドミニクが帰り、クラリッサとラウレンツだけになったサロンで、クラリッサは疲れ果て、ソファーの背凭《せもた》れに背中を預けていた。

すっきりと片付けられたテーブルに、カーラが二人分の果実水を持ってくる。

クラリッサはグラスに口を付け、爽やかなレモンの香りを吸い込んだ。清涼感とほのかな甘さが、クラリッサを安堵させる。

ぽろりと、本音が漏れた。

「……驚きました」

ラウレンツが眼鏡の位置を直して眉を下げる。

「黙っていてごめん。でもクラリッサなら、きっと遠慮するだろうと思って」

「どうして――」

クラリッサは息を呑む。

ラウレンツはクラリッサのことを悪女だと思っているはずだ。だからこれまであれほどにクラリッサのことを嫌って、距離を取ってきたはず。

悪女ならば、遠慮などしない。遠慮されるかもしれないなんて、考える必要はないだろう。それなのに。

困惑に瞳を揺らすクラリッサに、ラウレンツは真剣な顔を向けた。眼鏡の奥には、サファイアよりも透き通った綺麗な青い瞳がある。

その中に、クラリッサがいた。

銀色の髪に、ルビーの瞳。

いつもと変わりない姿なのに、そこに映るクラリッサはほんの少しも悪女らしくない。むしろ初恋に胸ときめかせる少女のようで、どこか頼りなくて、不安げですらある。

ラウレンツにこんな風に見えているのなら、クラリッサは今すぐ逃げ出したい。

「クラリッサに話したいことがあるんだ。このドレスを着るそのとき、聞いてくれるか?」

目を逸らしたいのに、逸らせない。どこにも触れていないのに、縫い止められてしまったかのように、指先一つも動かせなかった。

だから、ラウレンツの瞳の中の自分すら、受け入れるしかなかった。

「――ええ。分かったわ」

覚悟を持って返事をしたクラリッサの前で、ラウレンツが微笑む。

「ありがとう」

その微笑みがあまりに綺麗で優しくて、クラリッサはとうとう、赤くなった顔を両手で覆って隠した。


それからクラリッサの生活は大きく変わった。

ラウレンツが毎朝食事を共にするようになったのだ。

これまでクラリッサを避けていたのが嘘のように、当然の顔をしてクラリッサの正面の席で同じものを食べている。

「今日は会議があるから、帰宅が遅くなるはずだ。貴女は待たないで先に食べていて構わないから」

「ありがとう、そうするわ」

これまでそんなこと言わなかったのに、今では必ず帰宅時間の予想を伝えてくれる。

というのも、帰宅が間に合えば夕食も共にしているのだ。

あの事件がきっかけになったのは確かだ。心配をしただろうことも、子供達を守ろうとしたことに感謝されただろうことも分かるが、それにしても突然こんなに優しくされると困惑する。

「今日は孤児院に行く日だろう？　護衛をきちんと連れて行って。お忍びが良いのなら、相応の服に着替えさせても良いから」

それどころか、こうしてクラリッサの予定まで把握しているのだ。

もう、ラウレンツが受け入れ合った妻に対するように接するから、声が好みだとか言っていられなくなってしまった。

ラウレンツがクラリッサに向ける一挙手一投足の全てにときめいて、鼓動が煩くて、頬が熱くなって仕方ない。こんな毎日が続いたら、クラリッサは壊れてしまいそうだ。

「分かったわ。……た、食べましょう！」

「そうだね」

いつものように新鮮な食材を使った料理を食べているのに、邸に来たばかりの頃よりも今の方が食事が美味しい気がする。

一緒に食べる人がいるからか、クラリッサがこの公爵邸を自分の居場所だと思っているからか。きっと、その両方に違いない。

先に食事を終えたラウレンツが席を立った。

「——それじゃ、行ってくるよ」

当然のようにされる挨拶も、これまでにはなかったものだ。

クラリッサは食事の手を止めて、ラウレンツを見上げる。

「いってらっしゃい」

自然と浮かぶ微笑みと共に手を振ると、ラウレンツは僅かに頬を赤くして、ふいと部屋を出て行った。

クラリッサも食事を終えて、自室に戻る。

ラウレンツの態度の軟化と共にこれまで以上に距離が近く親切になった侍女達が、クラリッサに暖かなコートを着せた。

「今日は寒くなりますから、お早めに戻られた方がよろしいかと存じます」

「そうね、ありがとう」

クラリッサは返事をしながら、でもラウレンツは帰りが遅いと言っていたと思った。どうせ邸に自分だけなら多少ゆっくりと過ごしても問題なさそうだ。

カーラがクラリッサの心を読んだかのように小さく嘆息する。

「日暮れより早く帰りますからね」

「もう、カーラったら……」

クラリッサは笑う。

最近は、母親からの手紙が届いていない。

アベリア王国での日々を思い出すことも、少なくなってきていた。

最初は基本の読み書きから始めた授業だったが、最近ではほとんどの子供が文字を書けるようになっている。そのため最近では、算盤を使った計算とその記録についても教えるようになった。

今日も教会での授業には、部屋がいっぱいになるほどの子供達が集まっている。

「私は今日、たくさんの飴《あめ》を持ってきました。今から配るから、皆、二個か三個か四個ずつ取って回してください。あ、まだ食べちゃだめよ」

そう言って箱いっぱいの飴を教室の左右から回していく。子供達は当然皆四個ずつ飴を取り、四個取ったことをいたずらでもしたかのように話して盛り上がっている。

それでもクラリッサがぱんと手を叩くと、皆静かになって黒板を見た。

「それでは、近くの人と四人組を作ってください。そして、手の中に好きな数の飴を乗せて。全員が出した数を足して、その式をノートに書いてみましょう」

授業の最初の導入のつもりで始めたこれは、子供達にとても人気だった。簡単な暗算の練習にもなるし、飴も貰える。

この後は配った算盤で本格的な計算をするので、その最中に舐めて糖分を補給しても良い。

最初はなんとなく始めたことだったが、子供達には思った以上に好評だ。

「皆さん、できましたか？　それでは、今日も計算を始めます。どうしても興味が持てない人は、ノートと鉛筆を使って別のことをしても良いですよ」

そう言うと、一部の子供は算盤ではなくノートを取り出した。

以前は全員で同じことをしてもらおうと思ったこともあったのだが、ノートを使い切ったと見せてもらった中には、細かい文字で自作の物語を綴っているものや、静物デッサンで埋められたものもあった。

算盤で計算ができれば良いが、できなくても、飴の暗算ができれば充分な子供はいくらでもいる。クラリッサは教会の支援の一環だと割り切って、忙しい子供が楽しめる場所であれば良いと思っていた。

これはラウレンツに相談が必要だろうが、いつか皇都の画家や小説家、新聞記者などを連れてきて、専門授業もしてあげたいとも考えている。

授業を終えたクラリッサは町で食事を済ませてから孤児院に移動し、子供達に交じって薬草園や薬学室で作業をする。

以前は器具の使い方や調合の手順で揉めることもあったが、今では小さいノートにまとめてあるため、分からなくなったら確認して的確に作業を進めている。中には、作った薬のレシピを分量と共に正確に記録している者もいて、将来が楽しみだ。

今日はタムシバの蕾《つぼみ》を採取する日とのことで、子供達には届かない高いところにある蕾を脚立を使って摘まんで取っていった。単純な作業でも皆でやれば楽しくて、あっという間に時間が経ってしまう。気付けば日が低くなり、冬の終わりの風が冷たさを増していた。

カーラに急《せ》かされながら孤児院を後にしたクラリッサは、馬車でフェルステル公爵邸に戻った。ラウレンツもいないのだから、一休みしてから紅茶でも飲もう、と思っていると、来客担当のメイドが慌てた様子でクラリッサの部屋にやってきた。

「失礼いたします。シュペール侯爵令息ローラント様がいらっしゃいました。いかがなさいますか？」

「シュペール侯爵令息って……ラウレンツの友人じゃない」

以前参加した夜会で、ラウレンツと話をしていた男性だ。茶色い髪に緑色の目で、軽薄そうな雰囲気があったように思う。

ラウレンツはまだ帰宅していない。しかし侯爵令息を一人きりで待たせておくわけにもいかない。応接室に案内して、妻であるクラリッサが相手をしなければならない。

「今行くから、紅茶とお菓子をお出ししておいて」

「かしこまりました」

カーラがクラリッサの表情を窺っている。実は、クラリッサがフェルステル公爵家に嫁いできてから、突然の来客というのはこれが初めてだ。

ラウレンツは皇太子の息子で第五皇子で、ここは公爵家だ。約束もなく人が訪れることができるような家ではない。

「ご存じの方ですか？」

「ええ。この前の夜会でラウレンツと親しげに話していたわ。多分友人だと思うけれど」

カーラはクラリッサの化粧を直しながら小さく首を傾げた。

「でしたらこの時間には皇城にいることは知っているでしょうに。なんでまた」

「……ラウレンツに何かあったのかしら？」

本人の不在を知っていて訪れたのならば、可能性は二つ。ラウレンツに何かがあったか、クラリッサに用事があるか、だ。

「とにかく、行ってみないと」

丁度帰宅して着替えたばかりだったので、ドレスは問題ない。化粧直しも終わり、クラリッサは扇をポケットに入れて立ち上がった。

クラリッサが応接室に入ると、ローラントは慣れた様子でソファに深く腰掛け、紅茶を飲んでいた。

クラリッサは緩く微笑んで礼をする。

「ようこそ、いらっしゃいませ。あいにく夫は外出しておりますが、今日はどのような――」

「知っているから大丈夫ですよ、夫人。今日は少し寄っただけですから」

ローラントはひらひらと手を振った。

どうやらラウレンツに何かがあったわけではないようだ。

「それより、こちらで少しお茶に付き合っていただけませんか？　一人で飲んでいては、せっかくの美味しい紅茶が勿体ない。夫人のようにお綺麗な方と共にいただいた方が、ずっと素敵な時間になるでしょう」

「それでは、ご一緒させていただきますわ」

貴族らしい世辞だらけの誘いだが、クラリッサは微笑んでローラントの正面の席に腰掛けた。

メイドがすぐにクラリッサの分の紅茶を用意した。湯気と共に広がった花の香りに、クラリッサはほうと小さく息を吐く。カップを傾け一口飲むと、少し熱いくらいの水温に背筋が伸びた。

「本日はどうして――」

「まあまあ。この菓子も美味しいですよ。一口どうぞ」

失礼であることとは分かっているはずだ。それなのにローラントはまたクラリッサの言葉を切って、あろうことか砂糖菓子を指先で摘まんでクラリッサの方に差し出している。

緑色の瞳には怪しげな光が揺れていて、口元は軽薄そうに、それでいて甘く、誘うように弧を描いていた。こういう視線と表情には覚えがある。クラリッサ自身がアベリア王国で何度も作ってきたものだから。

「そうですわね。いただきますわ」

クラリッサはローラントが差し出している菓子と同じものを皿から取って、口に運んだ。爽やかな甘さが口に広がり、一瞬浮かんだ心の中の靄《もや》を消し去っていく。

「とても美味しいですわね」

クラリッサは挑戦的に微笑んだ。

ローラントが差し出していた砂糖菓子をちらりと見て、ひょいと自身の口に運んだ。長い足は余裕ある態度を示すかのように組まれており、指先は見せつけるかのように常に美しく動く。

ローラントが甘く優しげな顔をクラリッサに向けてくる。

クラリッサは、ラウレンツの甘さと冷たさを同時に孕んだ美しい顔とはまた違うタイプの美貌だな、などと冷静に観察した。

クラリッサは内心で苦笑した。計算され尽くしたその仕草全てが、クラリッサを誘っているかのようだ。実際、誘っているのだろう。

「本当に素敵な方ですね、夫人は。初めて見たときから、ラウレンツの奴《やつ》が羨ましくて仕方ありませんでした。……こんなに綺麗な女性に、側にいてもらえるなんて」

「……まあ、お上手ですこと」

「この手にすることはできなくても、焦がれることくらいはお許しいただけたらと……それだけお伝えしたくて、愚かにも訪れた男心を哀れに思っていただけますか」

すらすらと零れる台詞は、まるで舞台の上の俳優のようだ。しかしそれも、飽きるほど聞いたことがある口説き文句のうちの一つでしかない。そんなものより、不器用なラウレンツの優しさ一つが嬉しいのだ。

ローラントが言っていることは、嘘である。

そろそろ良いだろう。クラリッサは表情を全く動かさないまま、扇を取り出し口の前で広げた。

「さて、侯爵令息様」

「堅苦しいのは嫌いなんですよね。ローラントと呼んでください」

「……ではローラント様。ご存じの通り私は悪女ですから、あいにくそのような口説き文句には慣れておりますの。誘惑しようとしても無意味ですわ。遠回しなことをなさらないで、本題に入っていただいてもよろしくて？」

部屋の端で存在感を消していたメイドが思わずと言ったように目を見張っている。

ローラントもまた、それまでの優雅さをどこかに置き忘れてしまったようだ。無遠慮なほど見つめられて、クラリッサは声に出して笑った。

「ふふ、ふふふ……そんなに驚かれなくてもよろしいのですよ」

扇を持つ手が小さく震えてしまう。

ローラントが本気で口説いているつもりだったのだと思えば思うほど、笑いは止まってくれない。

ローラントは組んでいた足を解いて、ばつが悪そうにがしがしと綺麗にセットされていた茶色い髪を掻いた。粗野にも見えるこの態度こそ、きっとローラントの素なのだろう。

「あー、悔しいな。何、何で？」

「私は既婚者ですから。そのような誘いには頷きませんわ」

クラリッサはラウレンツの妻だ。政略結婚とはいえ、新婚で誘いに乗るような女性は滅多にいないだろう。ローラントは美男だから、クラリッサが噂通りの悪女ならばほいほい釣られて関係を持ったかもしれないが。

しかしローラントはなおも質問を重ねる。

「そうじゃなくて。何でわざと誘惑しようとしているって分かったわけ？」

クラリッサは、ローラントは本気で聞いているのだろうかと不思議に思った。

それこそ、聞くまでもないことだ。

「ローラント様が演じていらっしゃいましたから。友人の妻を口説かれるような方でもありませんでしょう？」

ローラントとラウレンツが仲の良い友人同士だということを、クラリッサは知っている。夜会での二人の距離感を見るに、互いに心を許しているのだろう。たかが女性一人のためにローラントがそのような愚を犯すことはしないと思われた。

だからこれは、ローラントなりの牽制か、それともクラリッサが試されたのかどちらかだ。

クラリッサはぬるくなった紅茶を一気に飲み干した。

「――私、ラウレンツを裏切るつもりはこれっぽっちもありませんの」

空になったカップを見せると、ローラントはぱちりと瞬きをした。そして、堪えきれなかったのか、思いきり吹き出した。

「は……はははは！　そっか、そうか。ふっ……夫人は本当に面白いね。好きになっちゃいそうだよ」

「もう冗談はおやめくださいませ」

クラリッサは新しく注がれた紅茶に口を付けた。

普段のローラントは、このようにくだけた口調なのだろう。悪戯な笑顔には嫌味がなく、思わず絆されそうになる。

「それで、ローラント様のご用件は何だったのですか？」

ローラントはさっきまでの上品な食べ方が嘘のように、砂糖菓子をひょいひょいと摘まんで口に放り込む。

「気付いてたんでしょ？　ラウレンツが振り回されているっていう悪女が、本当に悪女なのか確かめにきたんだよ」

「振り回されて……？」

クラリッサは首を傾げた。クラリッサにラウレンツを振り回した記憶はない。むしろいつも振り回されているのはクラリッサの方だ。

「それはそうでしょ。ラウレンツが仕事を家でやろうとしたり、休日に休んだりするなんておっかしいじゃん」

ローラントが紅茶のおかわりを飲みながら言う。

一般的な職場では分からないが、貴族ならば仕事を家ですることはよくあることだ。そして休日は休むためにある。

「私が知る限りでは、そうおかしなことではないのですが……それに、家にいてくださったのは私が寝込んでいたから」

事件のせいでクラリッサが寝込んでいたから、優しいラウレンツは放っておけなかったのだ。

最近のラウレンツの変化にどうしても期待してしまいそうにはなるが、だからといって素直に受け取ることはできない。あまりに色々なことがありすぎた。

今過保護なのも、事件の余波だろう。

「それがおかしいんだって」

ローラントはそう言って、日頃のラウレンツについて語り始めた。

◇　◇　◇

会議の予定が入っていたため、遅れた仕事を遅くまでするつもりだったラウレンツは、エルマーからの連絡を受け、最低限の仕事を片付けて皇城を出た。

会議を終えて執務室に戻ってきたとき、ローラントがいないことには気付いていた。だからといって、まさか自分が不在のフェルステル公爵邸にいるとはどうして思うだろう。

馬車を降りて、邸に入る。

クラリッサが相手をしていると聞き、自室に行かず直接応接室に向かった。

扉の向こうから、楽しげな話し声が漏れ聞こえてくる。

「――そのとき……が……」

「ふふ、それでは――」

流石ローラント、女性相手に話をするのが得意だ。クラリッサの笑い声が弾んでいる。

クラリッサを困らせていたらどうしようかと思ったが、杞憂だったようだ。

「ははは っ」

今度はローラントの笑い声が聞こえてきた。軽薄な遊び人であるローラントの、粗野で男性的な笑い声。この笑い方は、本当に面白いときのものだ。

そう気付いたとき、ラウレンツはノックもせずに勢いよく扉を開けていた。

「まあ、ラウレンツ。おかえりなさい」

クラリッサが驚いて、目を丸くしている。

ローラントはラウレンツが帰ってくることを予想していたのか、余裕の表情でひらひらと手を振っていた。

「おかえり、ラウレンツ」

「執務室に来ないと思ったら……一体何をしていたの？」

ラウレンツの問いに、ローラントは口角を上げた。

「夫人に話に付き合ってもらってたんだ。お前がなかなか帰ってこないからさ」

マイペースに紅茶を飲むローラントの姿に、ラウレンツはいらっとする。

クラリッサがローラントを見て呆れたように笑っているのもまた、その苛々を助長させた。

「……いいからこっちに来い」

「ひえ、怖い顔してんじゃん」

ローラントがしぶしぶといったように立ち上がり、クラリッサに笑いかける。

「ありがとう、夫人。ちょっとラウレンツのこと借りるね」

「いえ、楽しかったですわ。どうぞゆっくりなさって」

クラリッサも立ち上がり、上品に微笑んでローラントを見送っている。

応接室の扉が閉まり、クラリッサの姿が見えなくなると、ローラントがシャツの釦《ボタン》を一つ外した。

「――それで、ローラントは本当に何しに来たの」

「あー。友達に対してその言い草は酷くない？」

「酷くないね。少なくとも、私の不在を知った上で訪ねてくるような用事は思い当たらないな。仕事もあったっていうのに」

ラウレンツが言うと、ローラントはぴんと伸ばした人差し指をラウレンツに突きつけた。

「それだ」

「なんだよ」

「仕事があるってのに、お前がそんな顔して家に帰ってくる理由が気になったんだ」

ラウレンツは虚を衝かれて立ち止まる。

ローラントがラウレンツを追い越して廊下を歩いて行く。

慌てて後を追いながら、ラウレンツは脳内で必死に言い訳を考えた。

「だからそれは――」

「別に、俺はそういうの聞きに来たわけじゃねーんだな」

ローラントが自分の邸のようにしれっとラウレンツの部屋の扉を開ける。見られて困るものもないのに、今日は何故かそんな些細なことが気になった。

ローラントはいつも通りだ。遠慮のない振る舞いも勝手な行動も、いつも通り。

おかしいのは、ラウレンツの心の方だ。

「じゃあ何しに来たっていうんだ」

「噂の悪女の真実と、友達の異変の原因を確かめに、かな。いやー、でも、来た甲斐《かい》があったね。夫人があんな人だったとは」

ローラントが言って、戸棚からラウレンツのとっておきの蒸留酒とグラスを二つ取り出した。

ことん、と音を立て、グラスがテーブルに置かれる。

「どうして私の酒を勝手に出してるんだ?」

「これ、お前のじいちゃんのコレクションから貰ったやつだろ。飲んでみたかったんだよな」

「親戚でもないのに国王陛下をじいちゃんなんて呼ぶの、お前くらいだよ……」

少し前にラウレンツが国王から頼まれた面倒な外交案件を処理したときに、礼として個人的に貰った酒だ。ローラントにも補佐してもらっているから、共に飲むことに異存はない。

椅子に腰掛けたローラントが、とぷとぷとグラスに酒を注《つ》ぐ。度が高い酒なのに、容赦のない注ぎ方に眉を顰《ひそ》めた。

ラウレンツが諦めて水差しを取って椅子に座ると、ローラントは早速グラスを掲げた。

「それでは、えー、ラウレンツが人間らしくなった記念に」

「なんだよそれ」

今、すごく失礼なことを言われた気がする。

しかし酒は綺麗な琥珀《こはく》色で、樽《たる》の良い匂いがする。

ラウレンツは今日は仕方がないと割り切って、ローラントが持つグラスに自身のグラスを軽くぶつけた。

9章　悪女の決断

　ラウレンツからクラリッサへの態度が軟化したことで、クラリッサとフェルステル公爵家の使用人達との関係も改善した。庭を散歩すれば庭師が最近咲いた花を教えてくれるし、出かけると言えば侍女が皆で服装を考えてくれる。

　そんなある日、朝食の席でラウレンツがなんでもないことのように重大なことを告げた。

「明後日から一週間ほど、邸を留守にすることになったから。何かあったらエルマーに頼って」

「留守に？」

「そう。私が直接確認したいことがあってね」

　ラウレンツはそう言って、食べかけのサラダが刺さったままのフォークを食器に戻した。

　クラリッサはその仕草を見て首を傾げる。いつもはっきりとものを言うラウレンツにしては珍しい様子だった。何か言いづらいことがあるのかもしれない。

　少し悩んで、クラリッサは口を開いた。

「……それが何か、聞いても良いのかしら」

　きっと、結婚したばかりのクラリッサなら聞かなかっただろう。

ラウレンツは聞き返されたことが意外そうに目を見張り、それからなんでもないというように苦笑してみせた。

「別に秘密というわけでもないよ。ただ、貴女にわざわざ話すことでも……」

「私に関係のない話なら良いの」

ラウレンツが気遣わしげにクラリッサに手を伸ばした。クラリッサが迷ったように手をテーブルの上に置くと、迷いなくきゅっと握られる。

「──あの事件の黒幕を、捕まえてくる」

クラリッサは息を呑んだ。

クラリッサが攫われ、子供達の命を危険に晒したあの事件。孤児院を人質にした武装集団は逮捕され、取調べが行われていたが、クラリッサに向けられた拳銃を紛失した軍人と、それを隠蔽した者については分かっていなかった。

「黒幕の貴族はあの事件のすぐ後から、病を理由に領地に下がっていたんだ。護衛もつけているから、クラリッサは別に気にしないで、普段通りに過ごしていて構わないよ」

繋がれた手から、クラリッサに向けられた優しさが伝わってくる。

ラウレンツにとって、クラリッサが傷付けられた時点で、フェルステル公爵家が狙われたのと同じなのだろう。孤児院では薬草の研究も行っている。そこには、公爵家の大切なものが詰まっているのだ。

ラウレンツ自ら行くのには、充分すぎる理由だろう。そしてクラリッサにとっても、それらは守りたいと思っている大切なものだ。

クラリッサは頷いて、手をゆっくりと握り返した。

「分かったわ。気を付けて行ってきてね」

結婚してからラウレンツが長期で家を空けるのは初めてのことだ。

ローラントから以前聞いた話では、結婚するまではよくあることだったらしい。

クラリッサが悪女だから目を離すわけにはいかないなどと言っていたようだが、誤解が解けたようだ。今でもクラリッサが出かける先を聞かれることはあるが、安全のためや雑談の中でのことが中心で、疑われていると感じることはない。

だからこそ、クラリッサはこんな些細な触れ合いにもつい心を弾ませてしまう。

ラウレンツは僅かに目を伏せ、すぐに顔を上げた。

「帰って来たら、春の夜会があるから」

その言葉に、クラリッサの鼓動がどくんと鳴った。

その夜会の日、クラリッサはラウレンツから話したいことがあると言われている。

春の夜会は、皇城での夜会の中でも特に大規模なものだ。春の花を愛《め》でるその夜会は、皇都にいる全ての貴族が参加するといっても良い。

そのためにクラリッサはラウレンツから新しいドレスと宝飾品を贈ってもらった。今日の午後には確認のためにキャシーが公爵邸を訪ねてくることになっている。

「ええ。……楽しみだわ」

クラリッサが微笑むと、ラウレンツも口角を上げた。

「今日、仕立屋が来ることになっているだろう。一緒に見られなくて悪いけど、直したいところがあったらなんでも言って。変に遠慮したり私にどう思われるかとか、考える意味ないから」

話しているうちに照れてしまったのか、ラウレンツの耳の端が赤くなっている。すっかり優しくなったラウレンツに、クラリッサは春の夜会をどうしても気にしてしまっていた。

「ありがとう。そうさせてもらうわ」

ラウレンツとキャシーに考えてもらった、ラウレンツの瞳と同じ色の青いドレスを想像して、クラリッサは僅かに頬を染めた。

朝食を終えたクラリッサは、皇城に行くというラウレンツを見送ってから、庭園の薬草を一部採取させてもらうことにした。

以前のように怪我をしたときに治療を頼むことに抵抗はなくなったが、それでもクラリッサは慣れ親しんだ薬草箱を大切にしている。悪女を演じていたアベリア王国ではこっそり使っていたそれを、堂々と広げて作業できることはとても幸せなことだった。

クラリッサはジンチョウゲの花をそっと摘んで小箱に集めながら、暖かくなった日差しに目を細める。

側にいたカーラが苦笑した。

「あまり上を見ては、鍔《つば》の広い帽子にしている意味がありませんので。気を付けてくださいね」

「ふふ。分かっているわよ、もう」

貴族である限り、見た目も大切な武器である。悪女ではなくても、クラリッサの陶器のような肌は維持しなければならない。

カーラが日傘を差してくれているが、それでもやはり気になるのだろう。木の見た目に影響がない程度に花を取って、クラリッサは庭師に礼を言った。

「ありがとう、助かったわ」

「いえいえ、旦那様からも奥様には自由に採取させるようにと言われてますから。……それにしても、この花を取ってどうするんですか？」

庭師の問いにクラリッサは首を傾げる。

どの薬草も完璧に育てているから、てっきり詳しいのだと思っていた。

「あら、貴方は薬草にはあまり詳しくないの？」

「はい。育てる方は専門ですが、使い方はさっぱりです。薬みたいなものだという程度で」

「そうなのね」

クラリッサはジンチョウゲの花を一つ手に持ち、庭師に見せる。

「これを日干しにして煎じたものでうがいをすると、喉の痛みが楽になるのよ」

貴族は社交時期には多くの人と話す機会が続く。酒も飲まなければならないため、喉を痛めることも多かった。特にアベリア王国にいたときには悪女のふりをするため声を荒らげることも多く、クラリッサには馴染み深い薬草の一つだ。

「はあー、すごいですね。この花に、そんなことが……薬草は旦那様の専門と聞いておりましたが、奥様もとてもお詳しいのですね。流石です」

庭師の言う『流石』は、アベリア王国の王女だ、という意味だろう。クラリッサは曖昧に微笑んで、干しておいた南天の実の様子を見に行くことにした。

早足で庭園を横切っていくクラリッサの後を、カーラが日傘を持って付いてくる。

「クラリッサ様はアベリア王国の王女だから薬草に詳しいわけではないのに……！　私から説明しておきましょうか？」

気遣わしげに言われたのは、庭師の先程の言葉についてだ。

クラリッサはアベリア王国の王女として、薬草学について学んだ。しかし悪女のふりをしていたため、薬草を扱っている姿を誰にも見られないよう徹底していた。

癇癪《かんしゃく》持ちのふりをして、側に置く侍女はカーラだけにした。ベラドンナ王国出身の母親である王妃の息がかかった侍女は、些細なことをミスだと言って次々くびにした。

カーラには、行き場がない可哀想な侍女を演じさせ、ときに怪我の跡を化粧で作ったこともある。

カーラはいつもクラリッサの味方だったが、クラリッサは社交の場では一人だった。味方の顔をして立っている王妃が、クラリッサにとっては欺くべき一番の敵だったから。

「いいえ、何も言わなくて良いわ。庭師は私を褒めてくれたのよ。嬉しいことだもの」

庭師が言ったことに他意はない。クラリッサがアベリア王国でどんな暮らしをしていたかなど、知らなくても良いことだ。クラリッサが幸福な王女であるように見えるのなら、それが一番国にとってもクラリッサにとっても良いことだろう。

カーラが少し不服そうに視線を落とした。

「……クラリッサ様は、真面目すぎます」

「そんなことないわ」

温室の隣に、ラウレンツの調合室がある。クラリッサはその外壁の南側にある日干しのための棚を借りて、個人用の南天を干していた。

咳に効くこれもまた、クラリッサには馴染みのあるものだ。

カーラが棚を見て口角を上げる。

「良かったですね。綺麗に乾いています」

「まあ、本当だわ。これはもう持っていって、代わりに今日取った花を干して良いわね」

南天の実を端に寄せ、小箱から取り出したジンチョウゲを棚に出す。空になった箱に南天の実を入れて、空いた棚に花を並べていく。

穏やかな日差しが、心地好かった。

こんな穏やかな生活を過ごせているなんて、信じられない。

クラリッサは目を細めて青い空を見上げた。

一人の昼食を済ませて少しして、予定通りキャシーが仕上がったドレスを持ってきた。

「こんにちは。お待たせいたしました、奥様」

キャシーが持ってきた大きな箱を両手で抱え、にこにこ顔で挨拶をする。

「いいえ、ありがとう。急かしてしまったのではない？」

「そんなことありません！　奥様のドレスは本当に作るのが楽しくて……私共に任せていただいて感謝しております」

クラリッサの遠慮もはっきりと否定したキャシーは、サロンに着くと早速箱の蓋を開けた。

「まあ……！」

クラリッサは感嘆の声を上げた。

両手でそっと肩の部分を持ち上げると、さらりとした生地が箱から零れ出る。

デザイン画を見ただけでも華やかで美しいドレスだったが、完成したものはそれより更に洗練された印象があった。何よりラウレンツの瞳の色と全く同じサファイアブルーが鮮やかで、クラリッサの胸を高鳴らせた。

「お気に召していただけましたでしょうか」

「こんなの……気に入らないはずがないわ」

クラリッサが言うと、キャシーは嬉しげに頷く。

「ありがとうございます。では、改めてサイズを微調整させていただきますね」

ドレスに袖を通して、クラリッサは見た目に反した軽さに驚いた。思っていたよりもずっと軽い。

これならば、ダンスを踊るのももっと楽しくなりそうだ。

「とても軽いのね。気に入ったわ」

「ありがとうございます。公爵様が、奥様はダンスがお上手だから軽く仕上げるようにと仰られたのですよ」

キャシーが微笑ましげに言う。

「ラウレンツが……」

クラリッサは呟いて小さく笑った。

初めてラウレンツと共に参加した夜会は、面倒な令嬢達に絡まれ、怪我をし、ラウレンツに悪女らしく振る舞っているところを見られ、散々だった。

でも、二人でダンスをしたときだけはどうしようもなく楽しくて心が躍った。

ラウレンツも、それを覚えていたのだろうか。

「とても嬉しいわ」

夜会はもうひと月後だ。

クラリッサは鏡に映る自分の姿を見て、頬を染めた。


ラウレンツが出張に行く日。早朝に出発すると聞いたクラリッサは、早く起きてラウレンツを見送ることにした。

太陽が昇るより早く起きたのにぎりぎりで、クラリッサは簡単に着られるワンピースに着替えて部屋を飛び出した。階段を早足で抜けて踊り場から見下ろすと、支度を終え、玄関ホールの扉の前でエルマーと話をしているラウレンツが見える。

クラリッサは咄嗟に手摺《てすり》に両手を乗せ、身を乗り出して呼びかけた。

「ラウレンツ！」

声に気付いて、ラウレンツがこちらを見る。

笑顔で手を振るクラリッサと目が合って、ラウレンツが驚いた顔をした。

「どうして起きて――」

クラリッサははやる気持ちのまま階段を駆け下りて、ラウレンツの正面に立つ。

「一週間帰ってこないのでしょう？　見送りくらいするわ」

「っ……それはそうだけど」

「なんでそんなに驚いてるのかしら」

クラリッサが首を傾げると、ラウレンツは小さく嘆息する。何かを言いかけて口を開いて、やっぱり止めたというように閉じた。代わりにクラリッサの姿を見て僅かに眉間に皺を寄せる。

「まだ冷えるから、もっと暖かくして来た方が良かったのに」

「今からお部屋には戻らないわ。見送りの間だけだもの」

クラリッサはちらりとラウレンツの手元を見て眉を下げた。冬のコートを持っているから、北の方へ行くのだろうか。

詳しいことが気になるが、これ以上話している時間もないだろうし、誰かに聞かれる可能性のある場所で軽々しく話題にして良いことでもない。

「寒いところに行くのね。風邪を引かないように気を付けて」

ラウレンツがクラリッサの視線の先を見て、はっと顔を上げる。

「ありがとう、よく見ているね」

「当然よ」

なんだかこうしていると普通の仲の良い夫婦のようで、クラリッサは少し嬉しくなった。

ラウレンツもそう感じたのか、少しだけ頬を染める。

背後で開いている扉の向こうでは、空が白み始めていた。

「怪我をしないで。ちゃんと帰ってきてね」

「うん。約束する」

簡単に結ばれた口約束に、クラリッサは微笑む。

「行ってくるよ」

「行ってらっしゃい」

クラリッサが振ろうとして持ち上げた手が、ラウレンツに握られる。どうして、と思ったときには、その甲に触れるだけの口付けが落ちていた。

「な――っ」

男性から手の甲にキスをされるなんて、アベリア王国で悪女のふりをしていたときには日常だった。クラリッサにとってそれは今更ときめくようなことではない。

それなのに、クラリッサは速く煩くなる鼓動と熱くなる頬に翻弄されて、もう何も言えなかった。

ラウレンツに口付けされたのはこれが初めてだ。

ラウレンツが左手でずれてもいない眼鏡の位置を直す仕草をする。もしかしたら、ラウレンツも

照れているのかもしれない。

「クラリッサも、危ないことはしないように。何かあったら手紙を出してね」

「もうっ。子供じゃないのよ！」

クラリッサが赤くなっているであろう顔を隠さずに言うと、ラウレンツは楽しげに笑う。

手が離されて、ぽとりと落ちた。

「今度こそ、行ってくる」

「いってらっしゃい‼」

ラウレンツが馬車に乗り、窓越しに軽く手を振った。

クラリッサも手を振り返す。

門を抜けて石畳の道に出て行くまで、クラリッサはラウレンツの馬車を見送った。


ラウレンツが出かけて一人広い公爵邸に残されたクラリッサの生活は、特に大きく変わらないと思っていた。それも当然のことで、ラウレンツとクラリッサが約束をして二人で過ごしていた時間は、食事中くらいだったのだ。

そのため、クラリッサは普段と変わらない生活をすることにした。

一日目は、孤児院に行った。

子供達は相変わらず可愛くて、クラリッサは楽しい時間を過ごした。

しかし、夕方になってもラウレンツは来ない。最近はクラリッサが遅くまで居すぎるからと、迎えに来てくれることもあったのに。

「クラリッサ様、そろそろお帰りになる時間です」

カーラがクラリッサに言う。

子供達と一緒に夕食の支度をしていたクラリッサは、カーラの言葉に驚いて時計を見て、また驚いた。

「もうこんな時間だったのね」

「そうですよ。皆が心配します」

カーラに言われて、クラリッサは鍋をかき混ぜていた手を止めた。確かに、これ以上ここにいたら帰宅が遅くなってしまう。ラウレンツが留守のときに、心配させるようなことは避けたい。

「分かったわ。皆、また明日ね」

「はーい」

「さようなら！」

子供達の声を嬉しく思いながら馬車に乗って、フェルステル公爵邸に戻る。

玄関扉を開けると、近くにいた使用人がきっちりと挨拶をして迎えてくれた。

「……なんだか、寂しい気がするわ」

クラリッサが呟く。

使用人の皆はいつも通りだ。悪女として評判だったクラリッサだが、ラウレンツの態度が変わってからはクラリッサを避ける者はいなくなり、皆親切にしてくれている。

嬉しいことなのに、クラリッサは憎まれ口を言ってくるラウレンツの軽い会話を恋しく感じた。

カーラがクラリッサを見て肩を落とす。

「クラリッサ様。明日はエルトル侯爵夫人のサロンにお邪魔するお約束でしたよね？」

カーラの問いにクラリッサは頷いた。

「ええ、そうよ。呼んでくださって嬉しいわ」

以前エルトル夫人のサロンに行ってみたいと話していたが、先日呼ばれた茶会はレオノーラと話すのが中心となってしまった。

嬉しかったが、エルトル夫人のサロンについて話せなかったのは残念に思っていた。すると、翌日届いた茶会参加のお礼状に、良ければ、とサロンへの招待状が添えられていたのだ。

クラリッサは嬉しくて、早速参加の返事をした。

「ですから、早く食べて早く寝た方が良いと思います」

「え？」

「眠いまま参加されて失礼になっては困りますから」

カーラの台詞はもっともらしく聞こえたが、実際のところ、いつもより元気のないクラリッサを心配しているのだろう。

クラリッサもそれを知っていて、素直に頷いた。

「そうね。ご飯にするわ」

こんなことで心配されるなんて、クラリッサはこの短期間でどれだけ無防備になったのだろう。

感情を素直に見せるなと、何度も叱られていたはずなのに。

翌日、クラリッサは昼間の集まりに相応しい落ち着いた深緑色のドレスを着て、エルトル夫人のサロンに足を運んだ。サロンはその日の内容によって様々な会場を使っているそうで、今回は皇城の庭園を借りてのガーデンパーティー形式だった。

冬が終わり、少しずつ春の花が咲いてきている庭園は、昼間の優しい日差しが心地好い。

「いらっしゃい、クラリッサさん」

「ご招待ありがとうございます」

クラリッサが礼をすると、エルトル夫人は微笑んで中へと案内してくれた。

そこには等間隔にテーブルが置かれており、各テーブルにはティーポットとカップが置かれている。

既に十人ほどの女性がいて、仲の良い者同士会話をしているようだ。

「私のサロンは皆でやることを決めているの。今回はハーブティーの調合をやるのよ。アルター伯爵令嬢が得意でいらっしゃるのですって」

エルトル夫人の説明に、クラリッサは笑顔で頷いた。

「そうなんですね。私もハーブを扱うことはあるので、とても楽しみです」

薬草として扱う植物の中には当然ハーブも入っている。

「まあ、そうなの？」

「ええ、母国は薬草学が有名な国ですから」

「アベリア王国よね。聞いたことがあるわ」

エルトル夫人が自然な素振りでクラリッサを会場のやや端の方の席へと案内する。

「こちらの方は若い方を中心とした席にしているから、クラリッサさんもここならお友達ができるかもしれないわ」

「ありがとうございます」

クラリッサが礼を言うと、エルトル夫人は挨拶をして、主催として次の客を迎えるために、会場入口の方へと戻っていった。

テーブルにはクラリッサと年齢が近い令嬢が一人座っていた。落ち着いた、と言えば聞こえが良いが、なんとなく頼りなさげな態度の女性だ。年齢はクラリッサと同じくらいだろうか。

クラリッサはできるだけ友好的に見えるように微笑んだ。

「はじめまして。クラリッサ・フェルステルです。お名前をお伺いしてもよろしいでしょうか？」

令嬢はクラリッサに先に挨拶させてしまったことに慌てながら、社交慣れしていないことが分かる不器用な笑みを浮かべた。

「あっ……わ、私はクロエ・コラールと申します。どうぞよろしくお願いいたします、フェルステル公爵夫人」

クラリッサはフェルステル公爵邸で読んだ貴族名鑑を思い出す。

コラールといえばクレオーメ帝国の子爵家だ。エルトル侯爵家の親戚筋で、子爵家ではあるが市民向けの仕立屋で成功しているため、資産は多いと書いてあった。

手書きのメモに、父親は一人娘のクロエを溺愛しており、クロエは引っ込み思案になっている、とあり、どうしてこんなことまで書いてあるのかと不思議に思ったものだ。

しかし、実際に本人を目の前にすると分かる。

社交界デビューするまで知らない人とほとんど話したことがないと、デビュー後に苦労するのだ。大体は、このクロエのように。

「私のことは、良ければクラリッサと名前でお呼びになって。私も、クロエ様と呼んでも良いかしら」

「あ、ありがとうございます！　クラリッサ様」

怯えた小動物のようだった丸い茶色い瞳がクラリッサを見てぱっと輝く。

クラリッサはその瞳にどきりとした。

これまでクラリッサは、クロエのような令嬢を虐めることの方が多かったのだ。悪女として有名な自分があえて虐めることで、真面目な令嬢に保護させていた。シルヴェーヌの手前、クラリッサは優しくすることができない。クラリッサに虐められることで、逆に居場所を作らせていた。

「……クラリッサ様、どうなさいました？」

クロエが首を傾げる。

「何でもないわ」

クラリッサに向けられるものではなかったその瞳に気圧《けお》されたなどと言うわけにはいかない。こんなに純粋な好意が宿った、期待に満ちた目を向けられるのは、もっと美しく清楚でしとやかな令嬢であったはずだ。

クラリッサは扇で口元を隠して動揺を誤魔化した。

「クロエ様は以前からサロンに参加されていらっしゃるのですか？」

「えっと、私はこのシーズンでデビューしまして……叔母が心配して、毎回呼んでくれているのです」

「そうでしたか。私は今日が初めてなので、何度も参加されているクロエ様が一緒で安心しましたわ」

「そ、そんな。ありがとうございます……」

なんて可愛らしいのだろうと思った。弱いままでいられる純粋さも、それでも頑張ってクラリッサと会話をしようとするまっすぐさも可愛らしい。

きっとエルトル夫人が毎回テーブルの人を変えながら、顔を広くしてあげようとしているのだろう。

「クロエ様は、ハーブティーを飲まれますか？」

「お恥ずかしいのですけれど、飲んでいるのですが、あまり種類が分かっていないのです」

「淹れてもらっていると、意識しませんものね」

「そうです……すみませ――」

「謝ることではありませんわ」

クラリッサはあえてクロエの言葉を途中で切った。

クロエが驚いて、怯えたように目を見張る。

クラリッサは扇を持った手を膝に置いて、優しく見えるよう微笑みを向けた。

「自分が悪くないことで謝ってはいけないのですよ。付け入られてしまうと大変ですわ」

謝罪すれば解決すると思いがちだが、謝っても解決しないことも多い。特に貴族同士では謝罪は諸刃《もろは》の剣だ。

クロエのような弱気な者が使うのはあまりに危ない。

「はい、すみませ……あ。ありがとうございますっ」

「その方が、ずっと素敵ですわ」

クロエが言い直した言葉に、クラリッサは思わず破顔する。

本当に、なんて可愛いのだろう。

「綺麗……」

笑顔のクラリッサをぼうっと見つめていたクロエが、ぽつりと呟いた。

「え?」

「あっ、つい……!」

「い、いいえ。褒めていただけるのは嬉しいですから……ありがとう、クロエさん」

クラリッサが言うと、クロエが照れたように笑う。その笑顔までとても可愛らしかった。

クロエと出会えたことが嬉しくて、クラリッサはもうこのサロンに来た意味があったと思えた。

しばらくして同じテーブルに令嬢が二人加わった。二人ともクロエとは以前から顔見知りのようで、テーブルは穏やかな雰囲気だ、
少しして、サロンが始まった。

ハーブの効能の説明と、組み合わせ、味による分類。サロンと言いつつ、内容はかなり本格的だった。

最初に用意されたおすすめだというブレンドは癖のない香りとハーブの甘さが自然で、ハーブティーを飲み慣れていない人でも飲みやすく作られていた。

「すごいわ……」

「本当に、すごいです」

クロエが真剣にメモを取りながら聞いている姿を見ると、クラリッサの気が抜けてしまう。

専門的な内容であっても興味があまりない人は適当に聞き流して、離れた場所でお喋りを楽しんでいる。それもまた悪いことではないようだ。

自由なことが魅力かもしれない、と思いながらも、クラリッサは頭の中のハーブの知識に味という視点で知識を書き足していた。

「それでは、後は皆様テーブルの上の茶葉を使ってお茶会を楽しみましょう」

そう言われて、クラリッサはテーブルの皆と順番に茶を調合し、淹れ合って飲み比べた。

「クロエ様のものが美味しかったです……」

クラリッサの素直な感想に、他の令嬢達も頷く。

「本当に！　華やかなお花の香りがして、味もほのかに甘くて……こんなお茶なら毎日飲みたいですわ」

「ええ。私も好きな味でした！」

そう言う二人のハーブティーも、それぞれ特徴があって美味しかった。

問題は、皆が一口しか飲まなかったクラリッサのものだ。

「——……あの、効能は確かなはずなのですが」

「そ、そうですわよね。ハーブティーは身体に良いと言いますし、そう言った意味ではとても本質的な……」

「ええ。身体に良さそうな味ですわ」

このテーブルではクラリッサが一番高位の貴族であり、皆が気を遣っているのが分かる。

しかしどう言っても全く美味しくないハーブティーを淹れてしまったのもまたクラリッサなのだ。

「無理に飲まないでください。私も、皆様のを楽しませていただきますから」

クラリッサはそう言って、自分が淹れたものを勢いよく飲み干した。

疲労回復や胃の健康に良いセージの葉があったから、風邪を引いたことを想定し、身体を温め喉に良い効果のあるショウガを入れた。それだけだと地味だったので効果を揃えてハッカやオレンジピール等を適当に足し、一部を煮出してから茶として抽出した。

クラリッサにも分かる。

「――これは、ハーブティーじゃなくて薬ですわね」

気軽にそう言ったクラリッサに、令嬢の一人が苦笑する。

「薬としてはとても良いものなのかもしれませんわ。良いお薬は美味しくないものですから……あ」

「っふふ。事実ですから構いませんよ」

クラリッサも笑う。

穏やかな雰囲気に包まれていたとき、クラリッサの隣のテーブルから誰かがこちらにやってきた。

何事かと思って見ると、そこにいたのはロジーナ・ザイツ伯爵令嬢だ。以前の夜会で、レベッカと共に絡んできてから、クラリッサは会話をしたことがない。

ロジーナはクラリッサには気付いていないようで、クロエの前で仁王立ちになった。

「まあ、クロエ様。まだこのサロンに参加されていらしたのね。貴女のような人には合わない場だと、以前申し上げましたよね？　素敵なサロンなのに、このテーブルは花がないこと」

クロエは俯いて唇を噛んだ。

今まで楽しげにしていた同じテーブルの令嬢達も、俯きがちにしている。

クラリッサは驚いた。確かにクロエは子爵令嬢で、他の二人もザイツ伯爵家と比べると家格は落ちる。しかしクロエはエルトル侯爵家の親戚の者なのだからここに出席するのも当然で、合わない場ということはないだろう。

同じテーブルの令嬢達も振る舞いはしっかりとしていて、少しもこの場にそぐわないところはなかった。

「――ロジーナ様、貴女に言われることはありませんわ。ここにいる方は皆、間違いなく素敵なご令嬢ですもの」

クロエは大人しく、共にいた二人の令嬢も位が高い家の子ではない。しかしクロエはエルトル夫人と繋がりがある。となれば、目に留まりやすいのも仕方がないと思う。

実際、クラリッサが悪女であればそこを攻める。

「何を――!?」

ロジーナは反論されるなど全く思ってもいなかったのだろう。

誰が言ったのかと勢いよく視線を動かして、クラリッサと目が合うとぴたりと固まった。

クラリッサは口の前で扇を広げて、赤い瞳でまっすぐにロジーナを見つめる。

「花がなくて申し訳ございません。ロジーナ様には私など路傍の草のように見えていらっしゃるのでしょうね」

クラリッサの言葉に、ロジーナが顔を青くした。

「そ、そんな……ことは」

クラリッサは目を細めてロジーナを見る。

エルトル夫人がザイツ伯爵家を無碍《むげ》に扱えないのは分かる。しかしこれは、もしかしたら最初からクラリッサにこの関係をどうにかしてほしいという意味でこの席に案内されたのではないかと感じてしまう。

ちらりとエルトル夫人に目を向けると、視線がばちっと合った。きっとこちらの様子を注意してみていたのだろう。クラリッサは、頼られているのならば期待には応えなければ、と胸を張った。

「ロジーナ様、私から一つ、アドバイスをさせていただきますわ」

今このクレオーメ帝国の社交界の中で、クラリッサは頭一つ抜けている。

少し前までは新参者で小国の王女、皇族に嫁いではいるが相手にされておらず、後ろ盾もない立場だったのだが、今は違う。皇太子妃であるレオノーラが公にクラリッサと仲が良いことを主張し、皇族である公爵がクラリッサを尊重する態度を見せている。

つまりクラリッサは今、若い女性の中では最も機嫌を損ねてはいけない存在と言っても良いほどの立場になったのだ。

あの夜会でレベッカが倒れたのはそれも理由の一つだ。

レベッカのバシュ公爵家であっても、皇太子妃の支持を受けたクラリッサと表立って対立することは避けるだろう。

「な……なんでございましょう」

ロジーナが引き攣った声で言う。

クラリッサは扇の下に歪んだ口元を隠して、目だけは笑みの形で口を開いた。

「人の立場など、ふとしたことで揺らぐものですわ。例えばそう……今、このときのように。ですから、人を見下すときには見下される覚悟をなさいませ」

クロエがクラリッサの態度の変化に驚いている。

先程までの気安さをすっかり全て隠して、クラリッサはなおも見逃すことなどできようもない凄《すご》みのある美貌で微笑んだ。

「も、申し訳……――」

「ああ、謝罪は私にされなくて構いませんのよ。ご自身の思うがままになさるのがよろしいかと」

クラリッサがそう言ってのけると、ロジーナは唇を震わせてクロエに向き直った。

「い、今までごめんなさい」

「――……っ⁉」

クロエが目も口も丸くしている。

そういう反応をするからつけ込まれるのだと内心で思いつつ、クラリッサはこれ見よがしに溜息を吐いた。

「貴女もまだお若いのですから、同じ過ちはなさらないものと信じていますわ。――ああ、そうだわ。これ、私が淹れたのよ。よろしければ、仲直りの印に飲み干して行ってくださいな」

クラリッサが自分が淹れたハーブティーを新たなカップに注ぐ。

クロエ達が引き攣った顔でそれを見ていた。

クラリッサは、ロジーナの目の前にカップを置いた。

「さあ、お飲みになって」

ロジーナはクラリッサの突然の行動に驚いているようだ。それでも、この会場で毒を入れることはないだろうと思ったようだ。たった一杯で許されるのならとそれを手に持ち、匂いも嗅がずに勢いよく口に入れた。

「――!?」

ロジーナの目が見開かれる。

青かった顔が赤くなり、また青くなる。それでも吐き出すことは自尊心が許さなかったのか、喉を数回上下させて飲み干した。

「ど、毒じゃありませんわよね!?」

「ここにあるものから作りましたのよ。まさか、ここに毒物など置かれているはずがありませんでしょう?」

クラリッサは微笑んで、わざとらしく首を傾げる。

ロジーナはテーブルの上を見て、確かに最初から用意されていたものしかないことを確認して、ふらりと一歩下がった。

完全な敗北を察したのだろう。主催者に文句を言ったら、サロンに来られなくなってしまう。クラリッサに文句を言ったら、自分が虐められる側になってしまうかもしれない。

心の中では、クラリッサが言ったことが身に迫って感じられているだろう。

「――……た、大変美味しく……いただきましたわ……」

ロジーナが逃げるようにテーブルから離れ、力なく自分の椅子に腰掛けた。

同じテーブルの令嬢達は一体どうしたのかと思いながらも、声をかけられずにいるようだ。

クラリッサは小さく嘆息して、扇を膝の上に戻した。

「さて、邪魔が入りましたが、私達は私達でお喋りを楽しみましょう」

柔らかな声で言うと、クロエがぱあっと笑顔になって、クラリッサに礼を言った。


翌日、クロエとエルトル夫人から茶会でのことについての礼状が届いた。

やはりエルトル夫人はクラリッサがあの状況を変えてくれると思って席を決めたようだった。エルトル夫人には役に立ったのなら構わないと返事をして、クロエには良ければこれからも仲良くしてほしいと書いた。

それから更に二日経ち、クラリッサは張り合いのない日々に心を腐らせていた。

結婚したばかりの頃ならばなんとも思わなかったのだろう。

それなのに、いつからか食事を共にするようになった。

休日には庭園で会うようになった。

孤児院で会うと、子供達にからかわれることもあった。

薬草に詳しくて、クラリッサが聞くと大抵の草は持ってきてくれた。

マフラーを借りたり、手を握ったり。

手の甲にキスをされたり。

そんな、まるでデビューしたての令息令嬢のような初々しいやりとりが、どれだけクラリッサの心を満たしていたのか。一人で過ごすフェルステル公爵邸は広くて、ラウレンツがいないと食事もいつもより美味しく感じない。

「……私、こんな性格ではなかったはずなんだけど」

クラリッサはソファの背凭れに背中を預けて、両手を組んで呟いた。

カーラがシーツを直しながら呆れたような声を出す。

「あれだけ一緒に過ごされていればそのようになるのも当然かと。それに、旦那様はお優しかったですから」

「そうよね……」

ラウレンツは優しい。

声がとても素敵だとか、顔が整っているとか、背が高いとか、そういったものは結局ラウレンツを形作る要素の一つでしかない。

クラリッサがラウレンツを好きだと思うのは、そんな表面的なもの故ではない。

仕事に一生懸命で、人のために働くのが当然のような顔をする。

クラリッサには素直に優しくしてくれないけれど、言い訳をしながら確かな温《ぬく》もりをくれる。

疑い深いのは幼少期に虐められていた経験からだろうか。大国の皇族だ、きっと他にも辛いことがたくさんあったに違いない。

それなのに、別れることはないなんて約束を簡単にしてしまう。

クラリッサに、希望をくれる。

もやもやとした気持ちを吐き出すようにクラリッサは溜息を吐いた。

「お買い物でも行かれますか？」

カーラが言う。

「うーん」

「あまり気が乗りませんか？」

「そうね。なんだか、面倒に感じてしまって」

クラリッサの様子に、カーラも嘆息する。

そのとき、戸棚の整理をしていた侍女がふと口を開いた。

「奥様は旦那様がいらっしゃらなくてお寂しいのですね」

クラリッサはその言葉にはっと侍女を見た。

侍女はその反応に驚いて固まっている。

「ど、どうかなさいましたか？」

「いいえ、なんでもないの」

困惑する侍女から目を逸らして、クラリッサは熱くなってしまった頰を隠すように上半身を倒してぱたりと横になった。

寂しいなんて言葉、もう縁がなくなったと思っていた。

クラリッサを見ない父親と、駒としか考えていない母親。いつも王城にいない兄と、公に近寄ることを許されていない異母弟。クラリッサの日常に人の温もりはなく、それが当然だった。

「寂しい……そうよ。私は、寂しいのだわ」

口にした言葉は心に染みて、馴染んでいく。

慣れない感情に名前がついたことを喜んでいるかのように、その言葉はすうっとクラリッサの中に入ってきた。

だから、嬉しかった。

ラウレンツがいるフェルステル公爵邸がもうクラリッサの家なのだと、感じることができたから。

クラリッサは椅子から身体を起こして立ち上がり、両手を組んでうんと伸ばした。

そうと分かれば、こうしている必要もない。寂しく思うのならば、ラウレンツと過ごした場所にいれば良い。

「――庭園に行きましょう。薬草園の様子が見たいわ」

あの日、ラウレンツが見ていた花を見れば、心が慰められるだろう。

クラリッサは立ち上がって、ショールを肩に掛けた。

◇　◇　◇

ラウレンツは馬車の外に広がる景色に目を細めた。

三日かけてやってきたエルテンス伯爵領は真っ白な雪に包まれている。

エルテンス伯爵領はクレオーメ帝国の中でも北の方にあり、標高が高いため、降雪量が多い。あとひと月もすれば、雪解けに伴う雪崩の危険から立ち入りが制限される領地だ。それを見越して事件の後、捜査を遅らせるために病だと偽ってここにやってきたのだろう。

実際、エルテンス伯爵とよく会っていた貴族からは、体に悪いところはなく、薬を飲んでいるところを見たこともないと聞いている。おそらく病気だというのは嘘だ。

やがて雪に囲まれた街に、あまり大きくない煉瓦でできた邸が現れる。

「あれが領主館だね」

ラウレンツが言うと、同じ馬車に乗っていたローラントが頷いた。

「あー、いかにもって感じの建物だな」

「そうか？　少なくとも見た目には、金を握っていたり悪事をするようには見えないけど」

ラウレンツには何の特徴もない邸に見える。

しかしローラントはにいっと笑って、自信ありげにぴんと人差し指を立てた。

「エルテンス伯爵がしたことは、破落戸を利用して孤児院を人質にし、クラリッサ様を誘拐しようとしたことだろう？　その破落戸が持っていた拳銃を軍人から盗み、その届けを隠蔽したこともだよね」

「ああ、そうだが」

「だからそもそも、何故クラリッサ様が狙われたのか、ってことさ」

ローラントに言われて、ラウレンツは溜息を吐いた。

「きっとベラドンナ王国の差し金だろうね。正確には、アベリア王国の王妃の……かな」

アベリア王国の歪んだ権力状態については、エヴェラルドからも聞いていたし、クラリッサと結婚するにあたって調査もしている。

ベラドンナ王国から嫁いできた王妃が、アベリア王国が我が物であるかのように振る舞い、娘である愚かなクラリッサを利用して国を崩壊させようとしている、というものだ。

しかし実際にラウレンツが結婚したクラリッサは、最初こそ悪女らしく振る舞ってはいたが、ただ賢くまっすぐな女性のようだった。少なくとも、愚かだと大勢に誹《そし》られるような人間ではない。

「王妃がまたクラリッサを利用しようとしているのか、クラリッサからクレオーメ帝国の情報が入ってこないから伯爵を利用して帝国に近付こうとしていたか」

「そうだよ。それでそういう陰謀に引っ掛かる人間は、金がなくて権力に弱いことが多いんだよね。更に目立たない人間なら、利用するのに丁度良い」

孤児院を人質にした武装集団が取調べでエルテンス伯爵の名前を出したことがきっかけで始まった捜査は、主のいない皇都の邸で裏帳簿を見つけたことで決定的なものになった。しかしそれは、あくまで今回の事件の表面的なものにすぎない。

特徴のない小さめの領主館と、雪に囲まれ冬には人が寄りつかない領地。急に皇城を去っても引き留められない、地位だけがある人間。ローラントの言葉に当てはまる人間として、エルテンス伯爵はぴったりだ。

もし本当にこの事件の裏にアベリア王国の王妃がいたとしても、クレオーメ帝国にとっては脅威ではない。だが、それはフェルステル公爵家にとっては脅威となり得る。

「……いずれにせよ、クラリッサは、もうフェルステル公爵家のものだ」

「『俺の』の間違いじゃないかね」

ラウレンツはローラントの軽口に言い返さなかった。

誰にも、渡すつもりはない。


ラウレンツは馬車を邸の側にある林に停め、連れてきた騎士達に指示を出す。

「目標はエルテンス伯爵だが、証拠隠滅のおそれがあるため、使用人が邸から出ることも禁じる。一班は伯爵を、二班は使用人を。残りの者は出入口を外から塞げ。逃げる間を与えず、迅速に片付けよう」

ラウレンツは目を細め、腰に提げた剣の柄《つか》に触れる。

「――私は一班と行動するから」

ラウレンツ達が邸の中に入るとすぐに出入口が封鎖された。混乱する邸内で、ラウレンツは剣から手を離さないまま口を開く。

「エルテンス伯爵に逮捕状が出ています。抵抗しなければ、皆さんに危害は加えません。使用人は食堂に集まってください！」

途端に邸中に混乱が広がった。

しかしやはり剣を持った騎士は恐ろしいようで、使用人は皆特に抵抗をせず素直に食堂に移動していく。ラウレンツはそれを確認して、目の前の階段を上がった。

エルテンス伯爵は執務室だろうか。

ラウレンツはローラントと騎士二人を連れ、二階の部屋で最も豪華な扉を勢いよく開いた。

その部屋は執務室のようだった。机と椅子、応接セットなどが置かれている。当主の執務室は最も豪華なことが多いから納得だ。

その中で特に目立っているのが、壁沿いに飾られた悪趣味な宝石と美術品だった。例えるのなら、クラリッサが結婚当初に着ていたドレスのような色合いとデザインだ。

無駄に主張が強くて、高級そうで、目に痛い。

それがところせましと並べられている。

「なんだこれは……？」

「うわぁ、趣味悪ぅ」

ラウレンツが思わず呟くと、ローラントもそれに同意する。付いてきた騎士達も、変な形の金の壺《つぼ》や目にルビーがついた仮面などにぎょっとしているようだ。

違法な手段で得た金を、人から見えるところに使うことが怖かったのだろう。そして執務室の中だけに、購入した悪趣味な金や宝石を飾っている。ごてごてした趣味の悪い宝石を見ると、ラウレンツは再会したときのクラリッサを思い出さずにはいられない。

趣味の悪いデザインと大きすぎる宝石を身に付け、ラウレンツを驚かせたが、正直、華やかな外見によく似合ってもいたのだ。

「……これならまだ悪女の方がましだよ」

「俺も同意ー。この部屋、ずっといたら変になりそうだ」

見える範囲にエルテンス伯爵がいないため、ラウレンツもローラントも遠慮がない。

二人の雑談に、ついに騎士が吹き出した。

「く、くくっ。も、もうやめてください……」

「悪女の方がって、何と比べていらっしゃるのですか……」

ローラントがおもむろに仮面を手に取って、顔の前に翳《かざ》して見せた。宝石の目がきらんと光って、騎士達がより大きな笑い声を上げる。

そのとき、誰もいないと思われた執務室の衣装棚からがたりと音がした。

ローラントがすぐに仮面を壁に戻す。

閉まっていた衣装棚の扉が、内側から勢いよく開いた。

「わっ、私のコレクションを馬鹿にするな！」

白髪交じりの灰色の髪に、ひょろりと細い身体。衣装棚から出てきたのはエルテンス伯爵本人だった。やはりこの部屋にいると思っていた。馬鹿にされれば姿を見せるかもしれないと考えたが、本当に出てくるあたり、操りやすい人だ。

皇城で挨拶をされたことのあるラウレンツが口角を上げた。

「エルテンス伯爵本人に間違いない。確保しろ！」

騎士に追われ、エルテンス伯爵は咄嗟に窓がある方へと逃げた。

「なっ、ここは二階で――！」

扉から逃げるだろうと予想していた騎士は、無謀にも窓から飛び降りようとしているエルテンス伯爵に驚き、一歩動きが遅れた。しかしエルテンス伯爵もまた、窓の高さに一瞬怯《ひる》んでいる。

ラウレンツはその隙を逃さず、抜き身の剣を刺し、エルテンス伯爵が着ている上着を窓枠に縫い止めた。

「ひぇっ」

人を使って悪事を働いていても、自らは荒事には慣れていないのだろう。剣先が迫ってきただけで頭を覆ったエルテンス伯爵は、ラウレンツの厳しい視線に腰が抜けて座り込んだ。

「私のものに手を出してどうなるかも考えないなんて、本当に愚かだよね。いい？　これから取調べもあるけど、嘘でも吐いてごらん。……嘘で牢を出たとしても、生きていけると思わないでね」

ラウレンツが、天使のようだと言われる微笑みを浮かべてエルテンス伯爵を見下ろす。

「は、はいぃぃぃ……っ」

真っ青な顔で何度も頷いたエルテンス伯爵が騎士達に連行されていく。

もう本人に興味がなくなったラウレンツは、主《あるじ》のいなくなった執務室を見渡した。

「――さて、邪魔者もいなくなったことだから、早速邸を捜索しよう」

エルテンス伯爵を護送用の馬車に乗せてすぐ、使用人達の聴取が進められた。

手が空いた騎士達は全員邸の捜索をしている。ラウレンツとローラントも執務室を捜索し、しばらくして暖炉の奥から燃え残った手紙を見つけた。

「これは、犯罪の指示書だね」

煤《すす》を払ってみると、半分ぐらいは読み取れる。

そこには、王女を連れ出しエルテンス伯爵邸で監禁すれば、報酬を渡すという内容が書かれていた。エルテンス伯爵をできる人間だと信頼して任せる、とも書かれている。差出人の部分は燃えてしまって読めないが、その細く流れるような筆跡から、女性が書いたものであると推測された。

クラリッサを誘拐する計画を立てたのはエルテンス伯爵ではない。

エルテンス伯爵はどうせ攫うならと欲をかき、身代金を要求したのだ。任された誘拐も、失敗したとしてもエルテンス伯爵に罪を押しつけ、真の黒幕の存在を隠すための罠《わな》であるとも知らずに。

「……アベリア王妃か？」

いっそクラリッサが王妃から命令を受けていることを知っていると言って、適当に嘘の情報でも流してやるべきか。そうすれば、クラリッサの身は安全になるのだろうか。

いや、それも一時凌《しの》ぎだろう。

「クラリッサ……」

名前がぽろりと口から零れる。

ローラントがちらりとラウレンツに目を向けて、僅かに口角を上げる。

「あーあー、甘いねぇ」

「煩い」

クラリッサを一人王都に残して大丈夫だろうか。こうしてはっきり見せつけられると、余計に心配になる。

一刻も早く帰りたい。

ラウレンツは何かに急かされるように落ち着かない気持ちでいっぱいだった。

「使用人達の聴取が終わりました。協力した可能性のある者だけこのまま王都に護送します」

「分かった。残りの者は家に帰らせて構わないから」

騎士からの報告に頷いて、ラウレンツはまた証拠の捜索に戻った。

早く証拠が見つかれば良い。手紙は全て燃やしていたようだが、それでも他にもあるはずだ。そう信じて捜索を続けていくと、寝室のサイドボードから革紐が巻き付けられた分厚い手帳が見つかった。

中には、破落戸を雇うために使った金額や、落ち合った場所などが細かくぎっしりと書かれていた。会う相手の名前こそ書かれていないが、内容を見ると人によって異なる絵を使ってメモしていたようだ。他にも、城の名前やホテル名らしきものもあった。よく見ると、それが書かれているのは、ラウレンツの父親である皇太子が、視察に出る日付だ。

情報を探ろうとしたのか、暗殺や窃盗を企んだのか。いずれにせよ、これは反逆を疑うに充分な証拠だ。尋問すれば、エルテンス伯爵のような人間はきっと情報を吐くだろう。

「これがあれば」

ラウレンツは、エルテンス伯爵の罪を、クラリッサの名前を出さずに処理したかった。

公爵夫人が攫われたと公にするのは、クラリッサの名誉のためにも悪手だ。今後の社交において クラリッサを苦しめるに違いない。だからラウレンツは、あの誘拐未遂以外の明確な犯罪の証拠が欲しかった。

そのために、自らこの北の地に来たのだ。

ローラントがラウレンツの手にある手帳を覗き込んで、にやりと笑う。

「あったな」

「うん。あったよ」

ローラントが周囲を見回して、ラウレンツに視線を戻した。

「そろそろ邸の捜索も終わるだろ。今日の宿は取ってあるから、予定通り明日の朝皇都に出発しよう」

ローラントの言葉に、ラウレンツは頷きかけて、ぴたりと動きを止めた。

「――ローラント。頼みがある」


ラウレンツはその日、邸の捜索を終えてすぐに馬に乗って、一足先に皇都へと出発した。

離れている間、ずっとクラリッサのことを考えていた。

クラリッサを狙っているのがエルテンス伯爵だけではないと明確になった今、何かあったときすぐに駆けつけられる距離に自分がいないことが不安で仕方ない。

護衛をつけているのだから大丈夫なはずだとは分かっている。

分かっているのに、ラウレンツは理屈ではない何かに突き動かされていた。

エピローグ

その日、クラリッサはラウレンツの母親である皇太子妃に呼ばれて皇城にやってきていた。

春の夜会を前に、綺麗な花が咲いたから茶会を開くという招待で、やってくると伯爵位以上の貴族夫人と連れて来られた令嬢が多く集まっていた。

クラリッサはフェルステル公爵夫人だが、まだ新参者だ。目立ちすぎないように気を付けながら、美しく咲いたラナンキュラスの花と夫人達との会話を楽しんでいた。

今ではもうクラリッサを悪女として扱う者はほとんどいない。

むしろ皇太子妃が認めた淑女であると、ラウレンツともうまくやっていると、良い評判がほとんどだ。

「クラリッサ様、ごきげんよう」

「ごきげんよう、クロエ様」

クラリッサは声をかけられて花から顔を上げ、優雅に挨拶するクロエに微笑みを返した。

あの茶会以降手紙を交換するようになったクロエは、クラリッサがクレオーメ帝国に来てから初めてできた友人だ。アベリア王国にも友人がいなかったことを考えると、人生で初めてと言っていいかもしれない。

「クロエ様も来ていたのですね」

「ええ、叔母に一緒に行こうと誘われまして。クラリッサ様にお会いできて、その……嬉しいです」

はにかむ表情が可愛くて、クラリッサも思わず微笑む。

「それは素敵ですね。私もクロエ様がいてくださって良かったです」

クラリッサはエルトル侯爵夫人にまだ挨拶をしていなかったと周囲を見る。皇太子妃と会話をしているところを見つけて、後で話しかけようと決めた。

そのとき、和やかな雰囲気で進む茶会の会場に、突然馬の足音が聞こえてきた。

「何かしら？」

「馬……こんなところに？」

「不思議ね、どこの騎士かしら」

この庭園の側の道は騎士団の詰所になっているが、馬房は反対側だ。その道を馬で駆け抜けるのは、急ぎの連絡を届ける騎士だけだ。

「何かあったのかしら」

蹄の音が途絶え、すぐに今度はがさがさと草の音が聞こえ始める。

「――……誰か、来ているの？」

草を搔き分ける音はやがて走っている足音になる。

そして、目の前に飛び出してきた男性に、クラリッサは突然抱き締められた。

「きゃっ」

艶やかな青い生地の上着が目に入り、クラリッサは慌てて離れようともがく。

「クラリッサ、ただいま」

クラリッサはぴたりと手を止めた。力が抜けて抵抗できずに腕を落とす。

おずおずと顔を上げると、そこには見慣れた癖のあるプラチナブロンドがあった。眼鏡の奥の青い瞳と目が合って、クラリッサは息を呑む。

「――ラウレンツ、どうしてここに？」

「邸に戻ったらクラリッサがここにいると聞いて、急いで来たんだ」

「でも、帰ってくるのは二日後では？　それに、騎士の皆様は――」

「置いてきた」

「え？」

「早くクラリッサの側に戻りたくて、置いてきた」

「ええええ!?」

クラリッサを抱き締める腕の力が強くなる。その腕がまるでクラリッサに甘えるように、守るようにしっかりとしていて、クラリッサは抵抗する気がなくなっていく。

ラウレンツはこんなことをする人ではない気がするのだが、一体どうしたのだろう。離れている間に何かあったのだろうか。

「あの、何か――」

「ねえ、おかえりは言ってくれないの？」

ラウレンツの声が耳元で甘く響いて、クラリッサは言葉を呑み込んだ。

こんな声をこんな体勢で久し振りに言われたら、クラリッサは立っていられない。かくんと力がなくなって膝を折ると、ラウレンツが支えるように大きな胸に寄りかからせてくれる。

混乱して泳いだ視線が、真っ赤な顔のクロエと、面白そうにこちらを見る皇太子妃を見つけ、クラリッサは今ここが茶会の会場だったことをはっと思い出した。

「今お茶会中なんだけど……」

「だから何？」

抱き締める腕が強くなる。いつもの香水にラウレンツの匂いが混じって、音の振動まで響く声に頭が真っ白になってしまう。

クラリッサにできるのは、ラウレンツの期待に応えることだけだった。

「おかえりなさい……」

絞り出した声は震えて、悪女らしさも公爵夫人としての威厳もない。

ただ一人の少女のようになってしまったクラリッサの耳に、夫人達と令嬢達の黄色い声が聞こえる。きっと明日からの社交界はこの話で持ちきりだろう。

クラリッサも、あれこれと聞かれるに違いない。

それでもラウレンツが心から嬉しそうに笑うから、クラリッサはそれ以上何も言えなかった。

あとがき

はじめまして、水野沙彰です。二度目以降の読者様には、こんにちは、いつもお読みいただきありがとうございます。

この度は『初恋の皇子様に嫁ぎましたが、彼は私を大嫌いなようです1　なんせ私は王国一の悪女ですから』をお手に取ってくださり、ありがとうございます。


これは、王女クラリッサと皇子（のち公爵）ラウレンツの恋のお話です。

幼い頃に出会った初恋の人……というと、きらきらした可愛らしい思い出というイメージがあると思います。でももし、その初恋の人と再会したとき、記憶と全く違う性格になっていたら？　冷たくされたら？　と考え、このお話になりました。

初恋だからこそ記憶の中で美化されていた二人が再会したとき、その初恋が続いているのか。それとも、もう一度恋におちるのか……二人のドタバタぶりと共に楽しんでいただけますと幸いです。


さて、タイトルに『1』とありますとおり、お話は続きます！

1巻の終わりであんなことをしてしまった二人の、その後の甘い日々（と数々の困難

（笑））を楽しみにしていただけますと幸いです。

この場を借りてお世話になった方々にお礼を申し上げます。

応援してくださった読者の皆様。皆様の存在に支えられて、本作をお届けすることができました。いつも応援ありがとうございます！

担当編集様。癖の強い作品でした（笑）が、丁寧にご指導いただきありがとうございました。２巻でもよろしくお願いいたします……！

イラストを描いてくださった氷堂れん先生。表紙カラーを拝見したとき、美しすぎて変な声が出ました（笑）。どの挿絵も可愛く素敵に、二人らしく描いていただきありがとうございます！

そして本作に関わってくださいました全ての方へ。本当にありがとうございました。

最後に、この本を手に取ってくださった皆様との出会いに、感謝を込めて。

水野沙彰

初恋の皇子様に嫁ぎましたが、彼は私を大嫌いなようです 1
なんせ私は王国一の悪女ですから

著者　水野沙彰
イラストレーター　氷堂れん

2024年9月5日　初版発行

発行人　藤居幸嗣

発行所　株式会社 J パブリッシング
〒102-0073　東京都千代田区九段北3-2-5 5F
TEL 03-3288-7907　FAX 03-3288-7880

製版所　株式会社サンシン企画

印刷所　中央精版印刷株式会社

ISBN：978-4-86669-702-4
Printed in JAPAN